わたしの、本のある日々

小林 聡美

毎日文庫

まえがき

今日はとても寒い。東京でも雪が降るとか降らないとか。エアコンの暖房があまり好きではないので、優秀な電気ストーブの出力をマックスにして、屋内にもかかわらず羽毛入りズボンと毛糸の帽子を被って過ごしている。半分意地になって寒さと戦っているところもある。コーヒーと鳩サブレーとこれから読もうとしている本。ひとり掛けの椅子は電気ストーブの正面に陣取っている。ちょっとワクワクするひと時だ。

しかしながら、コーヒーと鳩サブレーだけサクサク片付いていく。膝にポロポロ落ちるサブレーも気になる。なかなか本を開くまでいかない。正直、わたしは読書家ではないのだ。年間を通して読む本の数も微々たるもの。読むのに時間がかかるし、本屋さんにもたまにしか行かない。できれば文字がほどよく大きくてあまり厚くない本が好ましい。だから、わたしが本について語るというのは、まったくもって僭越《せんえつ》きわまりないのである。

そんなわたしが書いた文章ですから、どうか大きな心でこの本を開いてください。そもそもここに収まっている文章が、まさか一冊の本に仕立てられようとは、思ってもいなかったのです。

この本に収められている文章は、二〇一六年から「サンデー毎日」に月に一度連載してきたものである。読書家でないわたしが、毎月二冊本を読んで、それについて何かしら書く、というのは、実はたいへんなことなのだ。取り上げる本については、基本的に新刊が好ましいということで、わたしでも楽しく読みくだせそうな本をなんとか探してきても、他の書評のページで取り上げるので、他の本でお願いします、と言われてショボーンとなることもままあって、書くことも必死だが、本を探すのもなかなか難題だった。そして、原稿を納めたら心はもう、来月の本のことがいつも頭から離れない。

とはいえ、書くにあたっては、性格的に楽観的な部分で「大丈夫、月に一度の連載、誰も読まないから」という、やり逃げ的な気持ちも相変わらずあって、内容の拙さに自ら蓋をして提出したことも少なくない。ごめんなさい。

約六年にわたる連載をこうして並べてみると、本のことを一生懸命書こうとしていたにもかかわらず、自分の暮らしについても結構述べている。当時の価値観と変わってきている部分もあって、自分は昔と全然変わらないと思っていたけれど、変わっていく部分もあるのだな、という発見もあった。変わらないのは、相変わらず呑気に暮らしていることと、読書家ではないというところか。

読書家でなくとも、本は読む。本は好きだ。〆切のない読書なら最高。でも〆切があったからこの一冊ができました。

目次

Ⅱ　言葉のふしぎ

Ⅲ　先輩たちの本

Ⅳ　愉しいひとり暮らし

Ⅴ　それからの日々

写真 高橋勝視　装丁 重実生哉

I　出会いと気づきの日々

迷えるお勉強ボヘミアン

四十五歳のとき、大学の社会人入試を受け合格、日本文化学科の女子大生になった。

大学に入って驚いたことは山ほどあったけれど、特に驚いたのは、周りの学生たちの仕事の早さだった。調べ物でも、リポートやレジュメを作成するにも、学友たちはあんなおぼこい顔をしながら、こともなげにパソコンのキーボードを叩き、さっさと課題を提出する。授業の最後に手書きのリアクションペーパーの課題がでれば、「書いた人から帰ってよろしい」という先生の声と同時に提出して帰っていくコもいた。その早さ。何考えてんの？　どうなってんの？

『改訂版　学びの技　14歳からの探究・論文・プレゼンテーション』（登本洋子・伊藤史織・後藤芳文、玉川大学出版部）に、その謎の答えを垣間見た。この「学びの技」の授業は実際に玉川学園小学校一年生から高校三年生を対象に展開されているらしい。こんな技を小学生から学んでいたらそりゃかなわない。

そもそも、私はリポートや論文の書き方も、プレゼンの仕方も知らなかった。そして、大学ではそんなことはもう教えてくれないのである。すべてが手探りな中、初めて期末リポートを提出する際、こんなに大勢の学生のリポートを読むのは先生も退屈だろう、せめて書体だけでも変化をつけて先生を楽しませて差し上げたいと、富士ポップ体という陽気な書体で提出する、という無知からくる恐ろしい失態をおかした。リポートの体裁にルールがあることも知らなかったのだ。

リポートは力作のつもりだったが、成績は盛り上がりにかけるものであった。それ以来、恥ずかしいのと恐ろしいのとでその先生の授業はとらなかった。この本にもっと早く出会ってさえいれば……。

早く課題をまとめられたり書き方のルールを知っていれば良い、というだけではないのが、学問の本質であることはもちろんである。**『東大教授が教える独学勉強法』**（柳川範之、草思社文庫）では、「あせらず、いいかなと思う方向に少しずつ進んでみて、うまくいかなかったら引き返す、そんな試行錯誤を繰り返して、少しでも学びの幅が広がっていけばそれで十分なのだと思います」という、スピード感とは対照的な励まし（？）に勇気づけられる。

著者は、公立の中学を卒業した後、親の仕事の関係で海外に引っ越し、それ以来学校には通わず独学で勉強を続け、日本で大学入学資格検定を受けて、慶応義塾大学の通信教育課程をシンガポールで受け卒業した。こんなことを成し遂げられるくらいだから、もとのアタマも相当よろしいに違いないが、その勉強の仕方は大いに興味のあるところだ。テーマの立て方から、情報の集め方、本の読み方、学びの成果のアウトプットの意味など、それらはまるで教会の牧師さんが語るような優しい語り口で綴《つづ》られている。どうやって勉強したらいいのか、よくわからないけど、でも勉強したい！という、迷えるお勉強ボヘミアンには、なんだか癒やしの一冊である。しかしこんな大人っぽい勉強の仕方ができたら楽しいだろうなあ。さて私のほうは、これらの本に気づかないまま過ごした大学生活だったけれど、無事に卒業できました。

（二〇一六・〇五）

呼吸も日本文化

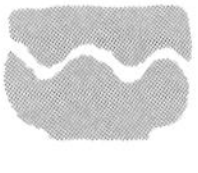

この秋、私は六年ぶりの舞台に立つ。舞台に立つのはいつも数年の間があいていて、そのときには前回の記憶はそうとう薄まっており、稽古前は精神も肉体もまるで無防備な状態である。つまり毎回かぎりなく初舞台の気分。不安と緊張このうえない。

舞台の演技は私にとってはやはり独特で、映画やテレビのものとは異なる。いつも全身に神経をみなぎらせ、相手の息をさぐり、合わせる。舞台は、破壊と調和の妙が魅力だが、そんなときもっとも重要で、また難しいのが、「間《ま》」ではないだろうか。

『「密息」で身体が変わる』（中村明一、新潮選書）は、その「間」をとるのは、実は日本人は得意である、と心強いことを言ってくれている。その理由は、日本人独特の呼吸にあるという。世界的な尺八の奏者である筆者は、演奏法を突き詰めていく中で、この「密息」という理想の呼吸法に出会う。そして実はこれこそ古来日本人がごく自然に行っていた呼吸だというのだ。

骨盤を後ろに倒し（やや猫背風？）、腹は吸うときも吐くときも張り出したまま保ち、どこにも力をいれず、深く息をする。どこかおじいちゃんのような姿勢だ。もともと日本人の骨盤は倒れていて姿勢は前かがみ、足はガニ股。床や畳に直《じか》に座って暮らし、腹を張ったまま呼吸をしていた。そしてこの姿勢から生まれる呼吸が、静けさ、安定性、集中力、力強さを育み、それが日本人の独特の概念である「間」をとらえるセンスにもつながっているという。

武道や能、茶の湯、落語、俳句、漫画などに存在する絶妙の「間」は、日本人の呼吸法にあったのだということに驚くとともに、かなり古風な日本人体形の自分に少し明るい光がさした気がした。

そんな呼吸にまつわる本の中の一節に「書は呼吸の芸術です。筆の運びと息との関係がストレートに文字に現れます」という一文を発見。**『字を書く女』**（芸術新聞社）は、そんな呼吸の芸術に挑戦した酒井順子さんのエッセーだ。

いつか色紙に「ああ、いかにも」という文字でさらりとなにかかけたらいいなあという酒井さん同様、私も、いつも残念な仕上がりの自分の俳句の短冊や色紙をなんとかできないものかと思い続けている。

大学の教授に手引きされて書道を体験していく酒井さんは、王羲之《おうぎし》や顔真卿《がんしんけい》、空海などの名筆を手本に、まさに「呼吸を合わせ」、筆を運び、その人物の性格や心象に思いをめぐらせ、人間性までをも浮き上がらせる。その想像力は『文士の筆跡』という本にまとめられた明治から昭和にかけての作家による揮毫にまで及ぶ。与謝野晶子、平塚らいてう、林芙美子、泉鏡花、久保田万太郎。文字の上手い下手ではなく、その文章にも人物の味があり、それぞれの性質がにじむ。そして酒井さんは「壺井栄」風の筆跡で「負け犬の遠吠え」という作品を仕上げる（ネタバレ）。

ふだん何気なく吸ったり吐いたりしている呼吸だが、こうしてみると、立派に日本の文化の一部なのだなと思うのであった。そして久しぶりの舞台で、緊張しすぎて息をするのを忘れないようにしなければ、とも。

（二〇一六・一〇）

漲る大人の行動力

思い立って始めた私たちの素人句会も結成六年目を迎えた。月一回の定例句会のほかに、これまで熊野や鎌倉、都内の自然豊かな公園などへ吟行にでかけたことがあったが、メンバーは会社勤めや予定が組みにくいフリーランスの人ばかりなので、なかなか思い切った旅の計画ができなかった。

それがひょんなことからタイのチェンマイで吟行をすることになった。以前チ

ェンマイに住んでいたメンバーのひとりがたまたまチェンマイに三カ月ほど滞在する、という話を聞いて、だったら、彼女がチェンマイにいる間にみんなで押しかけよう、とあれよあれよという間にまとまったのである。なんと八人全員参加。フィンランド在住のメンバーも飛んでくる。句会の日だけ決めて、それぞれがその前後滞在可能なだけ旅の日数を決め、ホテルはみんなで同じところに泊まれるよう、手配上手なメンバーにお願いし、飛行機は各自手配、現地集合というやつである。三泊のものもいれば一週間滞在するものもいる。こういう旅ができるのも、行動力のある大人ならではだなあ、とありがたく思う。

『3日もあれば海外旅行』（吉田友和、光文社新書）には、そんな大人の行動力が漲《みなぎ》っている。行動力ばかりか、リサーチ力に推察力、分析力でみちみちだ。私の旅の計画は、今回の旅のように大ざっぱなもので、インターネットで検索するも、二、三比較するくらいで、テキトーに決めてしまう。ところが、この本の中には、ありとあらゆる（たぶん）旅の計画の仕方、それも時間とお金がなくても海外旅行をする方法はいくらでもある、ということを、みっちみちに教えてくれる。

千社を超える航空会社の何百万ものフライトを検索できる横断型検索サイトや、成田や羽田以外の地方空港から出発する奥の手、ゴールデンウイークやシルバーウイークなど日本固有の休暇の時期はソウル発着路線を活用する、原油相場の値動きに合わせてチケットを買う時期を判断、ホテル予約のお薦めサイト、通話料の安い通話アプリ、マイルのため時を見極めて旅を計画、など著者の経験値によるものすごい情報量だ。貪欲。執念。「すごい！　なるほど！　わかった！」など納得、感心しながら読みすすんだ私だが、しかし自分ではこんな風に綿密でお得で充実した旅は計画できないだろう。本当に尊敬いたします。

旅の準備は慌ただしくとも、機内や旅先では読書の時間もぜひ持ちたい。**『コーヒーと小説』**（新装版、庄野雄治編、millebooks）はそんな非日常なる時間の中で読むのにぴったりの一冊。太宰治、芥川龍之介、宮沢賢治、江戸川乱歩、岡本かの子、梶井基次郎、横光利一、二葉亭四迷、久生十蘭、坂口安吾のそれぞれの短編を編んだものだが、すべて古典であるのに、すべてが新しい！　その新しさは旧仮名遣いを現代仮名遣いにし、単行本になって字が大きくなったというだけではないだろうが、どの物語もピカピカに輝いている。小説を読んでこんなにわくわくしたのは久しぶりだった。

と、旅に行く前にこんな面白い本を読んでしまったので、何を持って行こうか思案中なのです……。

（二〇一七・〇二）

救われたがる私たち

前回、吟行でチェンマイに行くという話を書きましたが、行ってきました。さて吟行だからといってやたらめったら俳句を吟じているわけではなく、街や名所旧跡などを巡って、俳句の題材を探すのも吟行の一部。

チェンマイ観光の代表的なもののひとつは、寺院だろう。街なかにはとにかくたくさんの寺院があって、それらのいずれも大勢の人で賑《にぎ》わっている。私たちの

ような観光客も多いけれど、純粋にお寺にお参りしている市民も多い。日本の渋いお寺とは違って、仏像や建物は黄金に輝き眩《まばゆ》いばかりだ。私たちもいくつかのお寺を巡って、現地の人のまねをしてお賽銭《さいせん》や線香を供え、仏像や自分の干支の守り神たちに手を合わせた。しかし手を合わせたものの、心で何をつぶやいたら良いものか、そのたびに戸惑うのだった。「南無阿弥陀仏」でもないし、「ご先祖様のご加護がありますように」というのもどうも違うような気もする。タイの仏教と日本に伝わる仏教が違うことはなんとなく知っていたが、いまいち気持ちの整理がつかないのだった。

帰国後、**『マイ仏教』**（みうらじゅん、新潮新書）を読んだ。みうらさんが仏像少年になるまでの遍歴がとても面白い。ウルトラマン、ビートルズ、ボブ・ディラン、吉田拓郎。みうらさんが憧れた対象はことごとく仏教の哲学と結びついている。これはみうらさん独特の解釈かもしれないが、仏教の真理を勉強した人だからこその気づきに違いない。また、現代人の宗教心の衰退の一因に、地獄に対する恐怖が薄れていることを指摘し、地獄の恐ろしさを説く。罪によって地獄の種類はたくさんあり、それぞれの刑期も計り知れない。一番軽いところで一・六兆年って。恐ろしいんだけど、笑っちゃう。そんなことにいちいち笑っちゃいながらも、日本人の仏教観が見えてくる。仏教は死後の世界の安住を願い、そのために生きている間さまざまな徳を積み修行を重ねるための教え。そういうことを、みうらさんは愉快に説く。これはある意味説法の書だ。

ちょっとみうらさんの地獄の話が衝撃（笑撃？）だったので、島田裕巳『**人は死んだらどこに行くのか**』（青春新書インテリジェンス）も読んでみる。こちらは仏教のみならず、神道、キリスト教、イスラム教などの死生観から宗教の本質を探る一冊。仏教もキリスト教も、始祖たるものの死がそれぞれの宗教の死生観を決定づけるものとなっているわけだが、横たわって涅槃《ねはん》に入った釈迦《しゃか》と十字架に磔《はりつけ》にされたキリストの死は象徴的だ。それぞれの宗教が章立てされていて特徴もわかりやすい。特に仏教については、みうらさんの説法書で下地ができていたので、興味深く読むことができた。

つまりタイの仏教も日本の仏教も、それぞれ文化の違いはあれど「あの世で救われる」ことを願うものである、ということはわかった。難しいことは置いといて、まずは清らかな気持ちで手を合わせればいいのだ。

チェンマイのお寺で私が念じたのは「吟行が無事に終えられますように」だった。なんかトンチンカンだったかもしれないけれど、大らかなタイのお釈迦さまは聞いてくださったようだ。ありがとうございました。

（二〇一七・〇三）

うつろう彼ら

子どものころ、草花や木々の名前をたくさん知っている大人は、大いに尊敬の的だった。東京で生まれ育った私には、公園や遊歩道に植えられた常緑樹や落葉樹、生け垣の花々くらいの世界観しかなかったが、そんな小さな世界でも名前をいえるものは数えるほど。それが大人になって犬を飼いはじめ、町のあちこちを散歩するようになると、だんだんと植物の違いや名前がわかるようになってき

た。いつもの通り道に佇《たたず》む植物は、季節のうつろいも教えてくれた。そんな草木への興味は尽きないが、今、私の憧れは、鳥である。

東京の住宅街にも意外とたくさんの鳥がいる。というのも、日中窓を開けテレビもラジオもつけずにいると、町のいろいろな音に混じって、何種類もの鳥の囀《さえず》りが途切れることなく聞こえているのだ。情けないことに、判別できるのはカラスくらいで、あとはスズメなのかシジュウカラなのか、はたまたなんなのか、まったくわからない。そもそも鳥の種類を知らない。知りたい。だが植物ならば、地面に植わっているので、様子を確かめに出向くことができるが、鳥がいるのは基本的に空。おまけに飛んでいる鳥はシルエットでしか見えない。鳥は人間にとって、ほぼ幻の生きものといっていい。

『鳥類学者だからって、鳥が好きだと思うなよ。』（川上和人、新潮文庫）は、まさに、そんな貴重な鳥の生態を研究する、鳥類学者の生態（？）が快活に記された一冊。なんでも鳥類学者は学者のなかでもとくに希少で、十万人に一人という計算になるらしい。確かに鳥類学者が実際どんなことをしているのか、なかなか知る機会もない。過酷な旅の記録とも、貴重な研究のレポートともいえる内容だが、とにかく自由闊達《かったつ》、引用のしかたも独特で、垂壁《すいへき》の高さを「ピッコロ大魔王に換算すると四人分」とか、カタツムリの長距離移動の方法を「ゼペットじいさん並みのエクストリームヒッチハイク」とたとえる。のび太やガンダム、デビルマン、他にもいろいろな映画やアニメからの引用もあり、正直、世代や趣味のギャップを感じる。それでも、固有種を守るための外来種の駆除や環境保護問題は、キレイごとだけではないリアルな現状が伝わる。鳥そのものというよりも、体を張った鳥類学者という業務の一端を垣間見ることができる。

『江戸博物文庫　鳥の巻』（工作舎編、工作舎）は、江戸時代に描かれたさまざまな鳥の絵を図鑑風に集めたもの。どのページを開いても、柔らかな美しさに心が和む。写真とはまた違った、細密な写生には日本画ならではの味がある。黒や茶といった渋い鳥、黄色やコバルトブルー、紅色の華やかな鳥。地上から見上げる鳥はどれも黒くしか見えないけれど、こんなに繊細な衣をまとった鳥をいったいどこで見られるのか。動物園じゃ味気ない。そこで野鳥の会とか、鳥類学者の出番だ。私たちが、呑気に図鑑やテレビで美しい鳥に感動できるのは、そんな鳥愛半端ないひとたちの汗と涙の賜物なのだ。

花は散るもの、鳥は渡るもの。かってはそのうつろいを愛《め》でた日本人。名前を知りたい、姿を見たいと思うのは、そんな日本人の健全なＤＮＡにちがいない。

（二〇一七・〇七）

猫は不思議

七歳になるわが家の猫に、動物病院から健康診断のお知らせのはがきが届いた。猫の七歳は人間でいうと四十四歳。そろそろ健康に気をつけなくてはならないお年ごろだ。しかし実はこの猫、仔猫の時分から大の病院嫌い。猫にとって病院はかなりのストレスだし、どう見ても丸々と健康的だし、ここ数年、病院はパスしていた。だが、なにやら左目が涙目っぽくなることが多くなり、心配なので

思い切って健康診断に連れていくことに。しかし、診察室に入ると、七キロにまで成長した彼に悪魔降臨。噛《か》まないようにエリザベスカラーを装着され、手足を押さえられた彼の、瞳孔は開き、その雄叫びは待合室にまで轟きわたった。そして飼い主としてなんとか落ち着かせようと優しく声をかけ、その顔をのぞき込み目が合った瞬間だ。なんと彼は瞳孔を開いたまま、私の顔面めがけて「ギャッ!!」と飛びかかろうとしたのである。手足を押さえられていなかったら、私の鼻にかぶりついていたことだろう。これは長年愛情を注いできたものとしては相当ショックな事件だった。

長年友好的に暮らしても、突然こんなことになっちゃう猫。『猫的感覚』(ジョン・ブラッドショー、ハヤカワ・ノンフィクション文庫)は、そんな猫の謎にたっぷりと迫る。猫の祖先は千百万年前、中央アジアの大草原地帯で暮らしていたプセウダエルルス。それが海をわたりさまざまな地で進化をとげ、ヤマネコとなり、害獣駆除の役割を担って人間の暮らしに入ってくる。その後宗教を背景に、生贄や迫害の対象としてたくさんの猫が殺された。そんな歴史や考古学、さらに遺伝子が及ぼす被毛や性格の特徴にまで切り込み、科学的証拠やいくつもの実験によって、多様な角度から猫を分析する。なかでも猫と暮らすものとして興味深いのは、イエネコとして暮らすようになった彼らの行動の原因や意味。なぜ喉を鳴らすのか、なぜ人の手や顔を舐めるのか、なぜ鳴くのか。読み応えのある本書ではいろいろな推察がなされているが、究極のところはまだ解明されていないことばかりだ。猫は「いまだに野生と本物の家畜化への移行過程にある」そうで、私の七歳七キロの猫も、まさにその真っ最中なのだね。

猫の行動は意味不明であってもなかなか個性的で、その無言の行動に、私たちは理由や物語をつけたくなるものだ。**『猫は、うれしかったことしか覚えていない』**（石黒由紀子／文、ミロコマチコ／絵、幻冬舎文庫）は、そんな物語にあふれている。しかしそれらはただの温かい物語ではなく、しっかりした眼差しで猫の暮らしを見つめ、そこから機嫌よく暮らすためのヒントをすくいあげる。『猫的感覚』の中に綴られていた猫たちの不思議な行動の数々を、実際の暮らしの中に見る面白さ。そして、エッセーのタイトルのひとつひとつは、私たちが猫からいつも教えてもらうことばかりだ。

健康診断で訪れた病院、結局目の診察はおろか尻の穴に体温計をさすこともできず、ただ暴れて帰ってきただけの私の猫。嬉しいことしか覚えていないということは、病院では毎回悪魔が降臨するということか。嗚呼《ああ》。

（二〇一七・〇九）

私の脳が凄いことに

秋田の乳頭温泉にでかけた。田沢湖駅に降り立つと、広い空に駒ヶ岳がゆったりと聳《そび》え、そこここで、緑がそよそよと揺れている。山道を揺られて到着した宿は土の匂いと木の匂いに満ちていて、深呼吸するとカッと視界がひらけて、山の緑と空の光が目の裏側にまでしみ込むようだ。白濁した湯にゆっくりつかり、囲《い》炉裏《ろり》端で芋汁などをいただいた。

『ＮＡＴＵＲＥ ＦＩＸ 自然が最高の脳をつくる』（フローレンス・ウィリアムズ、ＮＨＫ出版）を手に取ったのは、そんな気持ちの良い旅から帰ってすぐのこと。「水と緑に触れるだけであなたの脳はこんなにも変化する！」という帯の言葉に、「水や緑に触れるどころかあんないい湯にもつかったし、私の脳は今大変なことになっているのでは」と慌ててページを開いた。自然の中で味わう何とも言えないあの心地よさ。頭がすっきりして、いろいろな感覚が目覚めていく感じ。そんな、自然が人間の脳に及ぼすさまざまな影響について研究する科学者たちを取材し、作家でありジャーナリストでもある著者が、自らも実験に参加し自然と脳の関係にパワフルに迫る一冊。

自然研究のアプローチはあくまで現象を数値にして集めたものを分析、結論づけるもの。被験者には脳波を調べるための器具を頭に取り付けたまま、自然の中をトレッキングしてもらうなど、なかなか大変そう。私などは実感として、自然の中ですごすのは気分がいいし、いまさらそんな研究をしてくれなくても結構と思うのだが、こういう研究は数値にして初めて、世のため人のためになるという。その数値が政策や都市計画、建設デザインなどに生かされるのだそうだ。しかし、蓋《ふた》を開けてみれば、日本はそんな研究の先進国。著者も日本に飛んで、「カロウシ」「ツウキンジゴク」なんて言葉のある国で森林浴セラピーを体験する。自然による恩恵は人々の健康向上だけでなく、経済効果にまでおよび、フィンランドやスコットランド、スウェーデン、シンガポールの自然セラピーの取り組みと効果なども興味深い。数値で自然を理解するのは私には難しいけれど、とどのつまり「人間よ、スマホを置いてもっと自然の中へいこう」という熱烈なメッセージがこめられている。

科学的な切り口に疲れた脳を、やさしい言葉でいたわってあげようと**『自然のレッスン』**(北山耕平、ちくま文庫)を取り出した。初版は四十年近くも前だが、平明な言葉で綴られるメッセージは、どのページを開いても、いつもキラキラしていて胸にすっと落ちる。そこにこんな一節が。

「ストレスはさけるべきもの。
あなたと　あなたのまわりの世界とが　うまく連動するようにこころがけましょう。
連動がうまくいかなくなってきたら
それはそろそろ自然のなかに　エネルギーの充電にいくときがきている　という警告です。」

山を見ながら温泉につかり、私の脳はかなり凄いことになっているはずだが、無性に緑の中を歩きたくなり、二百円を握りしめ、新宿御苑に向かったのだった（入園料二百円也　※当時）。

（二〇一七・一〇）

「したいことしかしない」の宇宙

ゲッターズ飯田の占い本によると、私のタイプは「銀のインディアン」。基本性格は「恋も仕事も超マイペースな永遠の中学生」、さらにその中でもタイプが細分化されていて、私には「小学生芸術家」というキャッチフレーズが。これらのフレーズには、実は妙に腑に落ちるところがある。というのも、私自身、基本的な価値観は十四、十五歳から変わっておらず、人生半世紀以上を過ごした今でも中身が中学生、という違和感を抱えたままなのだ。そんな私が非常に興味深く読んだ二冊。

まず『創造&老年』（横尾忠則、SBクリエイティブ）。自身も八十歳を超えた画家の横尾忠則氏が、八十歳を過ぎてなお精力的に創造に携わる九人と、その創造と人生観、未来観について語り合った対談集だ。小説家、音楽家、画家、俳人、映画監督等々、対談の相手は皆横尾さんよりさらに年上で、どなたもその世界に名を残す錚々《そうそう》たる方々ばかり。

そんな先輩方に共通するのは、自分の健康、病気、近い将来、死の問題など、とりたてて真剣に考えたことがないということ。自分が年をとったつもりもない。そんなことより、目の前の創造に夢中なのだ。創造は、生命のエネルギーとつながっていて、創造に夢中になればなるほど命が輝きだす。

横尾さんは七十歳になったとき、いままで肉体と精神が乖離《かいり》していたと気づき、これからは「したいことしかしない」と決めたそうだ。そしてそれはもっとも魂が喜ぶこと。私たちはさまざまな世代で、そのときの環境や立場にふさわしい肉体や結果を求められるけれど、実はそれは精神とはかけ離れたものだったりする。そんな違和感をかぎりなく小さくしていけるのが年齢を重ねることだとしたら、こんな楽しみなことはない。どんどん脳から自由になって、無意識に体の声を聞いている。そこには自分だけの宇宙があるに違いない。

一方、人間の脳の成長に着目した**『成熟脳』**（黒川伊保子、新潮文庫）。黒川さんは、人工知能の研究と開発による知見と、暮らしのなかの身近な出来事を絡ませながら、人間の脳のステージを分析する。

ヒトは三歳で人になり、脳は十四歳でおとなに、二十八歳までは入力装置として、そこから五十六歳までは出力への移行期、五十七歳から八十四歳までは出力装置になるそうだ。つまり脳の出力性能最大期は五十六歳。私の脳は最大出力待機中なのだ。私の脳にももうひと盛り上がりあるようで、なんだか嬉しい。それぞれの世代における傾向の解説は「私のこと見てた!?」というくらいどれもあてはまり、まるで占師の話を聞くようだ。事象の違いはあれ、みんな同じようなことを考え悩み生きているのである。

黒川さんの科学的な実証には、人間が年を重ねることに対する優しさ、寛容さが伴う。ボケというのも、穏やかに終焉を迎えるために脳がしかけたイベントだと。誰もがその脳の最高の人生を生きている、とエールを送る。

脳と肉体の関係は、科学的でありつつとても神秘的。私の中の中学生も、いつか肉体との乖離を解消してホッとできる日を楽しみにしている。

（二〇一八・〇三）

急がない人生

テレビのニュースは大抵うんざりするものばかりで、朝からそんな気分になるのも嫌なので、朝のニュースはほとんど見ない。よっぽどの危機が迫っている状況だったら、町のサイレンや放送で知らせてくれるだろう、と呑気なものだ（しかし町の放送は、反響してほぼ聞き取ることができない！）。おまけに新聞は朝刊しか取っていないし、新聞を取りに行くのは夕方だったりして、私の目にする

世の中のニュースはもはやすべてオールドになっている。世の中が騒然となっている事件や出来事をまったく知らず、友人たちの間でそんな話題がでると、「え、何それ」と臆面もなく質問し、呆れられながらも説明してもらい、世間からだいぶ遅れて驚愕したり憤ったりする。それでも、特に困ったことはないから、そんな日常に感謝だ。

会社に出勤したり、家族が顔を合わせたりすれば、世の中のニュースやちょっとした出来事が話題にのぼることもあるだろう。しかしほとんど誰にも会わない日も少なくない私のような者は、ボーっとしていればボーっとしているだけ世間に疎くなる。誰とも口をきかない日なんてざらで、顔の筋肉がなまるいっぽうだ。

そんな世間に疎い私には、ニュースも大事だけど、自分以外のひとがどんなことを考えて暮らしているのかを知ることも、大事なこと。それも、自分のまわりに見かけない仕事をしているひとの話はとても貴重だ。

『科学のミカタ』（元村有希子、毎日新聞出版）のミカタは「味方」であり「見方」。毎日新聞社の科学環境部に勤務する著者が科学記者として見聞きしてきた科学技術や環境問題を、本来のジャンルにこだわらず、清少納言の『枕草子』の中の「○○なもの」というくくりに倣《なら》って章分けして綴ったところがユニークだ。

科学の話題は私の暮らしの中で最も「都市伝説」的で現実味を感じにくいトピックス。遠い宇宙や海の何処かで起きていること、体の中で起きている目に見えない小さな世界のこと。そんな、まさに雲をつかむような話は、小難しい学者さんが書いたものならものの数秒で寝落ちしそうなところだが、この本の親しみやすさはまるで、友人から教えてもらうニュースのようだ。父親をがんで亡くし、自身もがんに罹患《りかん》した経験を通しての、科学を俯瞰《ふかん》する人間らしい目線は、難しいイメージの科学が私たちの暮らしに親密に寄り添っているということに気づかせてくれる。

『一緒に冒険をする』（西村佳哲《よしあき》、弘文堂）は、生き方を模索しながらそれぞれの道を切り開き進む約十人へのインタビュー集。障害者施設の工房、化粧品会社、レストラン、保育園、木工所、海の学校など、それを始めたひとたちが、どうやってそこにたどり着いたか。それはまさに目的地のわからない冒険だった。そして「大抵のことは時間をかければできる」というその中のひとりの言葉がなんだか沁《し》みる。時間に急《せ》かされず目の前のことにじっくり向きあえる人生って、なんて豊か！と感じ入る。

そう。急がなくていい。朝刊を夕方読む自分も、そんなに悪くない、と錯覚する私であった。

（二〇一八・〇六）

裸と自由

最近驚いたのは、ホテルの大浴場に、東洋西洋問わず多くの外国人が入浴している光景だ。西洋人は人前で裸になることや見ず知らずの人たちと一緒に入浴することに抵抗がある、というのは昔の話のようだ。皆、ちゃんとかけ湯をして、騒ぐこともなく、ひっそりと湯船につかっている。脱衣所の数カ国語の注意書きはこういうことなのだな。グローバル化は我々の裸文化にも及んでいた。

同じく裸文化を持つ国といえばフィンランド。『公衆サウナの国フィンランド』（こばやしあやな、学芸出版社）は、サウナの歴史から現在のサウナ事情まで、たっぷり掘り下げたサウナ文化論。首都ヘルシンキでは、最盛期百二十あった公衆サウナが三軒にまで減少したが、二〇一〇年代に入ってV字回復、現在は十一軒にまで復活したそうだ。その担い手は建築家やデザイナー、アーティスト、あるいは公衆サウナを知らないポスト公衆サウナ世代。そんな現象を「公衆サウナ・ルネッサンス」と著者はいうが、つまり、街づくりの視点から見た公衆サウナの可能性に、新しい世代が注目したのだった。

日本では厚生労働省の管轄下でいろいろ規制のある銭湯が減少の一途なのに対し、フィンランドの公衆サウナは法律も組合もないそう。だから、やる気とアイデアとサウナ愛で、いかようにも盛り上げることができる。そんな公衆サウナには近年観光客も多く訪れるが、どのサウナも、特に禁止事項を張り出していないという。勝手のわからない観光客には教えてあげればいい、と。サウナは教会と同じように神聖な場所。だれもが裸になり、語り合い、内なる自分とも向き合える特別な場所。そこでの振る舞いは各自の良心に委ねる。そして、そんな無防備な文化を成立させることができるのは、フィンランド人の「他者を信頼する・価値観の違いを認める」感覚があるからだと分析する。たしかに私たちの暮らしにそれがあったら、心はもっと平和で、いろいろ合理的な世の中になりそう。同じ裸文化を持つ国として学びたいところだ。

『思わず考えちゃう』（新潮社）は絵本作家であるヨシタケシンスケさんが日常の中で思わず考えたことを描き留めたイラストと、その解説を語り下ろしたもの。それらのイラストは、どれもゆるくてユニーク。自分が面白いと思ったことをイラストで記録していく作業はもちろん覚書ではあるけれど、放っておくとどんどん沈んでしまう自分の気持ちを励まし、楽しませるため精神衛生上必要なことだという。子どもの何気ない発言や日常のちょっとした風景などたわいのない事柄から、観念的で、哲学的な思想まで。簡単なことを深く、難しいことを平明に考えるのは、生きていくのに必要だということを、クスっとした笑いの中、気づかせてくれる。

マッキヨに置いてあった「ご自由にお使いください」という箱の前で、自由について考えさせられた、というヨシタケさん。自由って、たしかに自分が試されてる感じがしますね。大浴場も公衆サウナも「裸である」という最大の自由が試されているということを心せねば。

（二〇一九・〇五）

植物の時間、人の時間

ひとり旅もいいけれど、このところ団体旅行のラクチンさに目覚めた。特に、日帰りのハイキングやウォーキング、簡単な山歩きなどの企画もの。富士山の裾野一周や旧街道、高原の長距離トレイルといったものを何回かにわけて踏破する、スタンプラリー的なお楽しみ感がいい。集合場所からバスに乗れば、スタート地点まで連れて行ってくれるし、現地には質問になんでも答えてくれる親切な

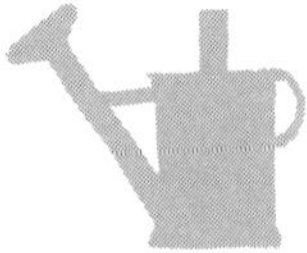

ガイドさんがいる。参加者のほとんどは、一期一会を心得た人生のベテランばかりだ。団体旅行なんてお仕着せで、自由時間も少なくて、ダサい、と思っていたのは体力も気力もある若いころ。ベテランは団体の中でも個として自分の内側に旅することができるのだ。

自分にそんな境地が訪れたことにびっくりだが、境地といえば**『ベランダ園芸で考えたこと』**（ちくま文庫）の山崎ナオコーラさんの園芸愛を通して巡らせた深い思索に感心し、いちいち共感した。三十代に入って急に植物に萌え（私も！）、山崎さんのベランダはたくさんの花や野菜、果樹で犇《ひし》めく。種から芽が出て、宇宙の法則に従って上へ上へと伸び、実をつけ、種を残す。ただそれだけの植物の営みの繰り返しを見ながら、山崎さんは、宇宙や世界や人間、自分の人生を考える。

特に印象的なのは、作家としての自分の生き方を突き詰める姿。苦悶といってもいい。結婚して子どもが生まれどんどん「普通」に向かっていく暮らし。それは自分の思い描く作家というものと、かけ離れていくようだと逡巡《しゅんじゅん》する。のめり込んでいた園芸とも距離ができる。書くこと、作家としてのプライド。高みに向かう志と物理的な生活。そしてそんな葛藤は「普通」の生活にのみ込まれ、しかしそこから自然と新たな境地がひらけるのだった。周りがどう思おうとやりたい仕事は続けるしかない、と。園芸が入り口だが、これは山崎さんの作家人生の静かなる決意表明ともいえる一冊。

佐野洋子さんの**『ぼくの鳥あげる』**（佐野洋子／作、広瀬弦／絵、幻戯書房）は、生まれてきた赤ちゃんのおでこに貼り付いていた、見たこともない美しい鳥と見たこともない文字が描かれた切手を、お医者さんがペロリと剝《は》がしてそっとポケットに入れるところから話が始まる。ひと目見れば誰もが虜《とりこ》になるその切手が、いろいろな人の手に渡り、長い距離、長い年月をかけて、戻るべきところに戻るという物語だ。切手を手にした人たちにはそれぞれに物語がある。どうやって次の人の手に渡るのかという展開にもワクワクする。最後、切手の鳥の絵に導かれるようにして出会った女の子と若者の物語は、やきもきしながらもその純粋さに胸を打たれる。不思議な切手をめぐる物語はどれもこのハッピーエンドに導くための、偶然という奇跡だったのだ。

生きていれば、人は思いがけず新たな境地に立っていたりする。それは気がつかないうちに出会ったさまざまなものに導かれてのことに違いない。言葉をかえれば「成長した」ともいえる。成長するには、植物には植物の時間が、人には人の時間が必要。焦らないで、じっくりと。思いがけない奇跡を楽しみに。

（二〇一九・〇八）

No Cat, No Life

猫と暮らして、四半世紀以上になる。今は九歳の雄猫一匹のみ。室内飼いなので順調に生きてくれればあと余命十年くらいか。そのころ私は六十代半ば。きっと彼が最後の同居猫になるのだろう。ちょっとサビシーな。

猫のいる生活は静かな緊張感がある。ぼーっと暮らしているようでも無意識のうちに猫の気配を気にして過ごしている。ゴハンはちゃんと食べたか。水はある

か。ウンチはどんなか。わが家の猫は気が小さいが体はデカい（七キロ）。要求が激しく、叶《かな》えるためには根気よく鳴き続ける。人は嫌いではないようだが、かまってくれる客人を噛む。朝方の微妙な時間に必ず起こしに来る。問題行動は多少あるとはいえ、その存在はやはり愛おしく、いてくれるだけで心安らぐ。

『漫画家と猫 Vol.1』（南信長／文、佐藤健寿／写真、河出書房新社）に登場するのは萩尾望都、諸星大二郎、西原理恵子、吉田戦車、ヤマザキマリ。自宅や仕事場での猫写真とインタビュー、猫漫画からなる一冊だ。猫好き同士はそれだけで親戚のような気分になるもの。それぞれの漫画家の語る猫話は、猫に興味のない人にはどうでもいいことかもしれないが「そうそう、猫ってそうなの。うちの猫もそうなの」と猫好きは大いに共感。

猫好きたちは、自分の猫がどれだけマヌケか、どれだけやんちゃか、という話題にもりあがる。可愛いのはあたり前のことだから。猫の失態も迷惑行動も、飼い主の視点次第で笑いになる。特に西原さんちの猫が息子の友人の脱いだ靴下の上に豪快に吐いたり、掃除機のルンバが猫のウンチをまき散らす事件はシュールだ。状況は悲惨だが、猫を責めても仕方ない。猫と暮らすということは、そんな理不尽や不条理を受け入れることでもある。猫好きの漫画家たちの作品は、夢やファンタジーや笑いを描きながら、どこか諦観した味がある。そこが猫味《あじ》、といってもいいのかもしれない。猫という生きものは、人生にも創作にも、大切な〝何か〟を添えてくれるのだった。

そんな天からの使いとしか思えない猫を科学的な視点で解き明かすのが、哺乳動物学者、今泉忠明氏の『**猫脳がわかる!**』（文春新書）だ。

脳の特徴や、感覚、習性を論理的に説明しつつ、だから猫はこんな行動をとる、という解説もわかりやすい。猫に接したことのある人なら、納得と発見の連続だ。これまで、そういうものだと理屈抜きで受け入れてきた猫の行動の裏に、実はこんな科学的な理由があったとは。うちの猫は私の脱いだスリッパを抱いてよくうっとりしているのだが、それは私のフェロモンを確認している反応だとか。朝方起こしに来るのも、床にこぼれたドライフードに気づかないのも、猫なりの理由があった。実は犬より聴覚がすぐれているとか、記憶力がすこぶるいいとか、猫好きにはちょっと嬉しい情報も。生態だけでなく、ヒトとの暮らしの歴史も興味深い。猫と暮らすヒト、これから暮らしたいヒト、そのどちらにも楽しめて、猫への理解が深まる一冊。

ただありのまま生きているだけで愛される猫。羨ましい。もうひとつ、あれこれ着替えなくていいところも。一生一着！　らくちん！

（二〇二〇・〇一）

「自分らしく」って？

昨年一年間、私はフィンランドと日本の外交関係樹立百周年記念の親善大使のひとりに任命された。そのときフィンランド大使館から自分の名刺を二箱いただいた。今まで肩書のある自分の名刺など手にしたことがなかったので妙に嬉しく、出会うかたがたにいちいち配って歩いた。

任期は終わったけれど、フィンランドへの愛と興味は尽きない。世間的にはデ

ザインやムーミン、おかしな世界選手権あたりは多少馴染みがあるかもしれないが、ちょっと踏み込めば、世界幸福度ランキング一位だとか、子どもの学力が凄いとか、独特の精神哲学「シス」だとか、興味深いことがザクザクでてくる。夏の美しさはともかく、長く厳しい冬の寒さや暗さの中で暮らす人々の、何がそんな豊かさをもたらしているのか。

そんな謎を解くヒントが**『フィンランド人はなぜ午後4時に仕事が終わるのか』**（堀内都喜子、ポプラ新書）にあった。私は会社勤めの経験はないが、午後四時に仕事が終わるのは凄いことだと想像できる。法律で決められている一日二回のコーヒー休憩、内部コミュニケーションの時間（歓送迎会や誕生会などは勤務時間内にできるだけ済ませる。大抵コーヒーで。外での飲み会はない）、日帰りの社員交流レクリエーション（平日）、サウナの日、一カ月の夏休み。こんな時間をとりつつ、フィンランド人がサクサク仕事をしていくのは、なんといっても自分の時間を大事にしたいから。家族と過ごす、趣味を楽しむ。みんながみんなそう思うから、最高に効率のよい働き方を考え、それぞれがそれぞれのやり方で実行する。そのため就労時間や場所にも柔軟性がある。

それはある意味個人主義といえるが、上下関係を作らない風潮、性別関係なく平等の機会が与えられているのは、お互いを信頼しているからこそ成立する仕事のかたちだ。そんな働き方はワークライフバランス世界一位の結果に。それぞれが自分の価値観にあった有意義な生活を送れることが、幸福度一位という結果なのだ。何を幸せとするか、そのためにどう働くかを考えるとき、参考になりそう。

そんなフィンランドでは「女性初」というニュースはほとんど聞かないそうだ。実際、フィンランドの現首相は三十四歳の女性だが、初めての女性首相ではない。日本はまだまだ性差のある社会だが、あえて〝女〟を掲げた『**女の俳句**』(神野紗希、ふらんす堂)では、女性を詠んだ俳句(女性が詠んだ俳句に限らず)をテーマごとに集め、それらを客観的に見ることで、解放される何かがあるのではないかと探る。

句の鑑賞は瑞々《みずみず》しくリアルで、男女の視点や感情の違いを浮かびあがらせる。なにより、出産を題とした俳句の数々は圧倒的な臨場感で、生きものとしての絶対的な性差を突きつける。著者は、だれもが「らしさ」から解放され、自分が自分らしく生きられる世界であれ、と願いながら、確かに女性の生きざまも讃《たた》えているのだった。

肩書や性別にとらわれず、自分らしく生きる、というテーマが浮かぶ二冊（余談ですが、親善大使の名刺がひと箱も残っています）。

（二〇二〇・〇二）

美味しい命の恵み

今年は疫病の影響もあって、今のところ一度も山歩きをしていない。今ごろは紅葉の盛りで、空気も清々《すがすが》しく、最高に気持ちいいだろう。記憶の中の山の香りを懐かしんでいたら、そろそろ狩猟の季節ではないかと気がつく。鹿、熊、猪、鴨。普通のスーパーではお目にかかれないけれど、この時期のレストランではそんな肉がうやうやしく振る舞われる。赤身で、味が濃くて、噛むほどに肉々し

い。普段なかなか口にしない肉を食べるとき、その動物の姿かたちを思い、ちょっとゾクゾクする。

野性味あふれるそんな肉を味わい、「精がつきそー」「体があったまるぅ」なんてチンケなことしか言わないようなやつには、これを読んで出直してこい！と言いたくなるのが『肉とすっぽん』（平松洋子、文春文庫）だ。食のエッセーも多い平松さんだが、本書は、美味しい肉が私たちの口に入るまで、どんな出来事が起きているのかを、体当たりで取材したルポルタージュだ。

羊、猪、鳩、鴨、鹿、短角牛、馬、すっぽん、鯨。家畜、養殖、野生を問わず、生きものが食べものになるという工程は、どれもドラマチック。野山や牧場や港、養殖場に出向き、肉に携わるひとびとに会い、見て、聞いて、食べて、平松さんがつかんだ言葉は、「肉にも『旬』がある」「うまい肉は『つくられる』」。そして一見あっさりしたそんな気づきの向こうには、あまりにもリアルな食肉の世界が繰り広げられているのだった。

手間と愛情をかけ育てた動物が、出荷した翌日に肉の塊になって帰ってきたのを、自らさばくこだわりの作り手。一発で仕留めることのできなかった鹿の、宙を激しく蹴る脚、うつろな目、喉から噴き出す血の音。鯨の内臓が床に流れ落ちるときの轟音。文字にのせればまだまだ奇麗ごとだが、生きものがその命を閉じ、肉になっていく瞬間に立ち会う平松さんの描写は、臨場感が半端ない。「生きもの」が「肉」になる瞬間は間違いなく厳《おごそ》かな時間だ。そんな命を託された人間側は、無駄のないよう隅々まで処理をし、一番美味しく食べられるようにと肉を刻む。たしかに美味しい肉にはたくさんのひとびとの手と思いが込められていた。なによりその身を挺《てい》してくれた生きものの命に感謝だ。そう考えると肉ばかりか野菜や魚まで、ただただありがたいものだなあ、と素直に思える。そういうものに我々は生かされているのだ。

いっぽう、貝原益軒の『養生訓』を抜粋した『ニャン生訓《じょうくん》』（熊谷あづさ／現代語訳、沖昌之／写真、集英社インターナショナル）を開いてみれば、人間界に一番近いと言っていい動物、猫の生態を引き合いに、日々健やかに暮らす健康法が記されている。自由気ままに暮らしているような猫たちの写真を見ているだけで、日ごろの憂いも薄まりそう。もの凄く要約すると「畏れ」と「慎み」をもって「怒らない、憂えない、咎《とが》めない、恨まない」のが健康でいられる秘訣なようだ。特に気に入ったのは、四十歳以上は用事がなければ目は開かないほうがいい、というやつ。これ、良くないですか。絶対落ち着く！　是非。

美味しい命に感謝しつつ、我々も養生いたしましょう。

（二〇二〇・一一）

生きもの同士

コーヒー豆屋さんに二粒もらったコーヒーの種が芽をだして四年目。毎日見るともなしに見ていると、彼らの雰囲気がなんとなくわかる。そろそろ水が欲しそうだとか、日が当たりすぎて辛そうだとか。その日はなんとも怪しい雰囲気だった。見ると葉っぱが食われていて鉢のまわりに、虫の糞《ふん》らしきものが。正体を突き止めようと葉っぱに霧吹きをすると、今まで枝に擬態していた立派な芋虫ちゃ

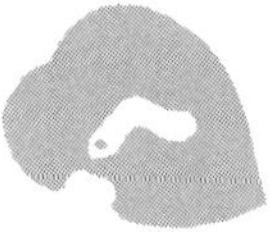

んが「もー、濡れたー」ともぞもぞ輪郭をあらわに。正直あまり嬉しくない遭遇だが、むげに殺傷するのも気の毒なので、割りばしでつまんでリリースすることに。しかし芋虫ちゃんは強情だった。枝に食らいついて離れない。私もムキになって引っ張る。枝がユサッと揺れて、プチンとはがれた。そして芋虫ちゃんの頭部からは緑色の汁が……。南無阿弥陀仏。

『あしなが蜂と暮らした夏』（中央公論新社）は身近な自然を題材とした科学絵本で知られる甲斐信枝さんの書き下ろしエッセー。冒頭、あしなが蜂が獲物に襲い掛かる場面が圧巻だ。大ぶりな青虫の背中に大顎で鋭い一撃を浴びせ、ぐったりした獲物にまたがると、大顎で背中を切りさき噛みとり、自分の頭の何倍もの肉を前脚で回しながら満遍なく噛みに噛み、青緑色の、求肥《ぎゅうひ》そっくりの青虫団子を作る、という生きもののリアルな世界に引きこまれる。

バスを乗り継いで一時間半、農家の納屋に通いつめ、早朝から日没まで蜂と生活を共にし、そこで目にしたものは、個性的な母蜂たちの仕事ぶり、あどけない幼虫の仕草、命をめぐる攻防、災害による淘汰などさまざま。とりわけ母蜂が幼虫を世話する生態は、人間やほかの生きものと根本的に違いがない。甲斐さんのまなざしは、冷静で微細でありながら、〝生きもの同士〟という温かさがある。

とはいえ、新幹線にこっそり蜂の巣を三つ持ち込み、京都から東京のアパートに引っ越しさせたのには仰天した。母蜂のいない幼虫たちに、甲斐さんは魚のさしみと砂糖水を与え育てる。読んでいて虫にこんなに親近感を持てるのも、まさに甲斐さんの生きものに対する隔てのないまなざしゆえだろう。

身の回りの自然とがっつり向き合う能力。私たちに欠けているものはそんな能力であり、それを楽しんで発揮する甲斐さんを心底尊敬するのだった。

『虫とゴリラ』（養老孟司・山極寿一《やまぎわじゅいち》、毎日文庫）では、それらの生態に照らしつつ、人類、地球の未来について、頭のもの凄く良いお二人が語り合う一冊。

とにかく私たち人類は、本気で地球をなんとかしなければならないのだった。環境だけでなく、人そのものも。人間は危険から身を守るため、情報を伝達する手段として言葉を得た。もはやその情報が人間をのみ込むまでになり、言葉で説明できないことは認められない世の中に。それが人間の能力をどれだけ殺しているか、という話が印象的。そして、ＡＩは常識をやぶることができない、常識をやぶるところに人間の面白さがある、というお二人の言葉に希望が。

常識の一歩先をゆく勇気。

人間の持つ本来の力を発揮できればまだ地球は救えるか。虫やゴリラ並みにピュアな力を！

（二〇二〇・一二）

Ⅱ 言葉のふしぎ

Toon Tellegen
おじい
俳句脳
──発想、ひらめき、美意識
113
1
岸本葉子
俳句、
コ
11-1
Y552
パウロ・コエーリョ
ア
O Alquimista
651
おひとりさま vs. ひとりの哲学
あ4
2
嵐山光
浅生ハルミ
福音館文庫
幼もの
ねこはいに
南伸坊
中川李枝子
本と子
猫を棄てる

俳句は命がけ？

俳句は年寄りのやるものだと思っていた。年寄りにしか見えない、自然やもろもろの、なにか素晴らしい世界があって、若者にはそれが見つけられないのだと思っていた。

そんな私が俳句を始めた。始めたといったって、俳句をやったことのない素人ばかりが集まって、もっぱら句会という場で恥を晒《さら》しながら楽しんでいる範疇を

超えないのだが、月に一度のそんな句会も五年目になる。

兼題は宿題で二句、当日席題が三つ、計五句投句して互選、出席者は自分の選句した天、地、人に賞品を用意して授与する。千円、五百円といった金額の賞品なので、リップクリームとか醬油とか、そんなものなのだが、それらが目の前に集まったりすると、なんともニコニコ上機嫌になる。素人なりに真面目なメンバーばかりなので、それぞれが「季重なりに注意」とか「切れ（○○や、○○かな）は一句にひとつまで」とか、そんなルールはなんとなく勉強してきてはいるのだが、その中身に物申せる宗匠がいない。これでいいのか。

そんな私にパンチを浴びせかけたのは**『俳句脳』**（茂木健一郎・黛《まゆずみ》まどか、角川新書）の中の一節。「敷居を低くして始めた人には覚悟がないからなかなか上がってこない。」黛まどか先生のお言葉です。ガーン。「覚悟」。このお言葉は、俳句というものが世代や国境を超えて愛好者が増えていることを歓迎しつつ、一方で、日本の文化、自然環境、精神性などが昇華された俳句を骨太な文芸、芸術として存続させたい、という情熱のあらわれなのだろう。さらに「やっぱり私、自分の世界に命がけで向き合っていない人は許せないんです。」と。命がけ、と。黛先生のきっぱりしたお言葉の数々、いくつも胸に突き刺さる。脳科学者の茂木氏は、クオリア（意識体験の中の感覚質）の言語化が俳句であるとし、それは脳の快感物質が求めていることと一致するという。表現したいことにぴったり当てはまる言葉が見つかったときの快感、あのことをいうのだろう。

強烈なパンチで頭がクラっとしたので、『俳句、はじめました』（岸本葉子、角川ソフィア文庫）という優しい言葉につられて俳句初心者の心情を分かち合いたい、と本を開いた。岸本さんが句会に初めて参加したところから始まって、フムフムと微笑みながら読み進むのだが、その句会の並々ならぬ緊張感、自身の句作についての論理的な分析など、そのスタートラインからかなりハイブロウである。「NHK俳句」での司会っぷりを拝見しても、只者ではないと察していたが、やはり間違いないようだ。自作を推敲していく経緯も興味深く、ははあ、なるほど、と感嘆ばかりであった。

俳句を始めてわかったことは、俳句は決して年寄りのものではないということだ。むしろ、その感性は瑞々しくなくてはならないだろう。そしてこれら二冊を読了してわかったのは、いかに我々の句会が呑気かということである。しかし、決していいかげんに遊んでいるのではない。命がけか、と言われると目が泳ぐが、ずっと続けていきたいと思う。そう、私は命がけで年寄りになって（あたり前！）、俳句をやっていく覚悟はできている。

（二〇一六・〇七）

十七文字の広大な世界

時間に追われ、余裕のないときこそ、なぜか俳句が慰めになる。次の句会の宿題は「種採り」。種採りってなに？などと、意味のよくわからない季語を隙間の時間に辞書で調べたり。そんなとき、慌ただしい時間の流れから束《つか》の間、別次元に身を置くことができるのだ。

俳句は十七文字の文学というのが、なによりシンプルな体裁で気に入っている。多くを語らず、文字の向こう側に広がる世界を想像したり、感じてみたり。それは、なんともしみじみとした気持ちのよいものだ。『**ねこはいに**』（南伸坊、青林工藝舎）は、そんなしみじみとした気持ちのよい瞬間にあふれている。だって、ただでさえしみじみとした生きものの猫が詠んだ俳句なのだから。

この『ねこはいに』は『ねこはい』に続くねこ俳句第二弾。第二弾だから『ねこはいに』。猫たちの俳句はなんともほのぼのとして、愛らしい。しかもどれも名句だ。私の周りにいる静かな佇まいの猫たちも、確かに何かを見つめ、何かを感じているように見える。そんな何かをすくって俳句にしたてた南伸坊さんは、霊媒師ならぬ猫媒師といっていいだろう。すました猫たちの、感性の実に豊かなこと。またその猫の感性に限りなく寄り添えた伸坊さんの猫媒力。

〈せみなくな　くちがこそばいやかましい〉

ジージーと鳴いている蟬をくわえた真顔の猫の気持ちは、まさにこんな感じだろう。絵本の体裁をなしているこの本は、ページをめくるたびに頭の大きめの猫が気持ちのよい風景の中に真顔で佇んでいる。それらの絵は、俳句の挿絵というにはあまりにも贅沢だ。以前、東京・大田区の「昭和のくらし博物館」で『ねこはい』の原画展が催され、実物を拝見したが、どれもやっぱり素敵だった。でも完売。残念！　猫たちの俳句は、なんとも平和で幸せな気持ちにしてくれる。

そんな平和な俳句と真逆にあるのが、戦争俳句だ。**『ひとたばの手紙から』**（宇多喜代子、角川ソフィア文庫）は、終戦から五十年目、あるアメリカ人女性が硫黄島で見つけた日本人兵士の遺品の手紙を、宇多さんがひょんなことから預かり、その手紙の差出人を捜そうと決意したことから紡がれた、戦争と俳句にまつわる一冊だ。偶然にも宇多さんと私の母親は生年が同じ。一九三五年生まれだ。戦争の記憶は幼少の宇多さんの脳裏にしっかりと刻まれており、私が母親から聞いたことのない戦時のあれこれを、この本は語ってくれる。

俳句のお手本とされるような名句を残した俳人たちも戦場に赴き、いくつもの俳句を残している。俳句は、ギリギリの命を、束の間慰めたに違いない。戦場で兵士たちが詠んだ、凄惨で血生臭くて悲しい俳句の数々。そして、家族を待つ女性たちの切ない戦争俳句。十七文字という限られた言葉の中に、リアルで凝縮された〝戦争〟がある。

〈おかしいから笑うよ風の歩兵達〉鈴木六林男

凄惨な情景が浮かび上がる俳句の中、こんなふっとした俳句に思わずウルウルっとしてしまう。

とことん平和な猫俳句と、悲しい戦争俳句。十七文字の表現の世界は、限りなく自由で大きいのだなあ。

（二〇一六・一一）

芭蕉のおっかけ

好きなアーティストや噺家の公演を地方で鑑賞するのが好きだ。そういうのも「おっかけ」というらしい。私の中で「おっかけ」というのは、楽屋口でアイドルの出入りを見届けたり、新幹線のホームで遠征に出かけるのを見送る人たちのことだ。そういう星飛雄馬の姉さんのような健気《けなげ》な雰囲気が「おっかけ」にはある。しかし私のする「おっかけ」は、そんな健気なものではなく、地方公演を楽

しむのとは別に、めったに行くことのない町を訪れる絶好の口実となっているのだ。

最近では「おっかけ」て、山形に行ってきた。今回は一泊二日ということで、一日目は「おっかけ」活動、二日目に山形駅から快速で十五分の立石寺《りっしゃくじ》、通称山寺へ足を延ばした。この寺は芭蕉が「閑《しずか》さや岩にしみ入る蟬の声」という俳句を詠んだ寺だ。険しい山壁にお堂がいくつも建立されていて、いかにも霊場という雰囲気だ。奥の院までの階段は千七十段。途中、蟬塚という岩場では、「あー、このあたりに蟬の声がしみ入るのかなー」などと息を切らしながらもしみじみし、膝をガクガクさせながら、奥の院を目指したのだった。

帰宅してまもなく**『俳句の海に潜る』**（中沢新一・小澤實、KADOKAWA）を読んだ。中沢氏は、人間の表現するさまざまなものを土地との関わりから読み解く「アースダイバー」という独特の視点で、俳句の世界を掘り下げる。小澤氏は中沢氏の斬新な解釈に驚きながらも、俳句に関する圧倒的な知識と感性で意見を交わす。俳句には、現代人の無意識の中にある、古代人の感性をみることができるという。死者の声、鳥の目、草の思い、あらゆるものに宿る霊的なものが立ち昇るアニミズムの文芸、五七五の定型があるからこそ構築することができるアヴァンギャルドな文芸が俳句であると。読み進めていたら、なんと立石寺の話が出てきた。そして、中沢氏はアニミズムの極みに、「閑さや～」の句を挙げる。「それ、見てきたじゃん！」と、赤瀬川原平氏の「偶然日記」ではないけれど、まさに身近な体験と重なって、大いに盛り上がった。

俳句の海があまり深かったので、ちょっと唇が紫色になっていたところに、暖かい毛布をかけてくれたのが『**俳句と暮らす**』（小川軽舟、中公新書）だ。サラリーマンでありながら俳句結社の宗匠でもある著者の、清く正しく美しい俳句との暮らし。単身赴任の著者は、料理をし、散歩をし、酒を飲み、東京からときどきやってくる妻と会う。心地よいエッセーでありながら、俳句史としても勉強になる。日常のなんでもない暮らしを詠む俳句。それは同じ時代を生きる私たちの共通の記憶となって、それがいつしか民族の思い出になっていく。そしてその思い出を遡っていくと、そこにはきっと古代人の暮らしがあるのだ。

それにしても、二冊の本を読みながら、あらためて俳人にとっての松尾芭蕉という人物の大きさを思った。今を生きる俳人は、好むと好まざるとにかかわらず芭蕉の後に続いている。そう、ある意味、私たちは芭蕉の「おっかけ」。出待ちやお見送りはできないけれど、不易流行とアヴァンギャルドを胸に、芭蕉の思い出に続こうではないか。

（二〇一七・〇六）

ロシア・センス

チェーホフの戯曲『桜の園』を舞台で演じることになった。『桜の園』はチェーホフ四大戯曲のひとつ。四十四歳で亡くなる最晩年に書かれた最後の作品だ。チェーホフは雑貨店の息子として生まれ、大学で医学を学びながら、家族を養うため新聞にユーモア短編を書きまくり、そこから才能を見いだされ、開花させ、数百の短編、十八の戯曲を残した。その最晩年の戯曲には、彼の人生が詰まって

いるに違いない。

私の人生はチェーホフさんとは縁がないものと思っていた。だからチェーホフさんのことは恥ずかしいほど知識がなかった。いや、それ以前にロシアに。ロシア人はどんな暮らしをして、どんなことを考えているのか。そんなことも知らずにロシア戯曲が演じられようか。と一念発起して、チェーホフさんについてのいくつかの本を読んだ。そして感動した。チェーホフさんは実に魅力的で立派で興味深い人だった。実際長身でハンサムでモテモテだったらしい。チェーホフさんについての感動を記せば、ページが尽きてしまうのでここでは控えるが、そんな人物が書いた物語となれば、また格別に興味深い。

チェーホフの真骨頂ともいえる、短編を集めた『**新訳　チェーホフ短篇集**』（集英社）は、これまで数々の名訳で読まれてきたものを、現代の読者にもその魅力が伝わるよう編纂し新訳したもの。これまで通例だったタイトルを大胆に変えているものもある。といっても、私はこれまでに訳されたチェーホフ作品を読んだことがないので比較することはできないが、読みあたりが滑らかで、現代的な印象をうけたのは、新訳の妙とチェーホフの持つ現代性ゆえだろう。ロシアの冷たくて暗い冬の景色。貧しさと泥にまみれた悲惨な暮らし。ペチカの暖かさ。インテリたちの滑稽な生活。恋。叶わぬ夢。どれも人間のなんともいえないやるせなさや悲しみが滲む。だがそれだけでなく、チェーホフさんのまなざしは客観的で、乾いていて、そこはかとないおかしみが漂う。これがロシアのユーモアというものならば、なんとも癖になりそうだ。

偶然にもチェーホフと同じく、医者であり作家でもあるトーン・テレヘンの『おじいさんに聞いた話』（新潮クレスト・ブックス）は、ロシア生まれの祖父から聞いた、という体《てい》で綴られた短編集。物語は創作だけれど、実際にサンクトペテルブルクで生まれ、ロシア革命の翌年にオランダに移住したという祖父は、ロシア的な味わいに溢れた人物だったようだ。物語はみな決してハッピーエンドではなく、なんとも不思議な読後感。子どもに聞かせている物語でありながら、悲惨で残酷なものもある。しかしそれらもまた、そこはかとなくおかしみがあるのだ。

すべての人間の持つやるせなさ、虚しさ、悲しさを客観的にみつめ、でもそれらをおかしみにしてしまうロシア人のセンス。それは今までまったく味わったことのなかった世界。これらの二冊からロシア人を理解するための、大きなヒントをもらった気がするのであります。ガンバリマス！

（二〇一七・一一）

家族たちの物語

『クマのプーさん』『ピーターラビット』などの翻訳で知られる石井桃子さんが亡くなられて今年で十年だそうだ。子どものころ手にした本がだれの翻訳によるものかなど、当時意識したことはなかったが、私も少なからず石井さんのお世話になっていたはず。石井さんは児童文学の翻訳のほかにもご自身で物語や随筆を書いておられ、私は石井さんの随筆も好きだ。どこか柔らかくて、押しつけがましくなく、誠実な文章。図々しいかもしれないが、祖母の話を聞くような、そんな気分になる。ちょっと気持ちが疲れたときなど、石井さんの文章を読むと心が落ち着く。そしてはるか昔のことを本当によく覚えていらっしゃるのには、感心を通り越して驚嘆するのだった。

一九八一年初版の『**幼ものがたり**』（福音館文庫）は、そんな驚異の記憶力を持つ石井さんの、文字通り幼少時代を綴ったもの。埼玉県の浦和で生まれ、六人きょうだいの末っ子として育ち、生涯独身だった石井さん。きょうだいがみな亡くなり、家族のただひとりの生き残りになったとき、そのきょうだいたちは石井さんが四、五歳だったころの、若者、娘となって石井さんの心に戻ってきた。かれらは七十年ほど前の出来事をはっきりと石井さんに思い出させ、それがまるでつい今しがたのことのような鮮やかな情景として綴られていく。石井さんの記憶は家族のひとりひとり、近隣のひとたち、家のディテール、景色、その時の感情にこまやかに焦点をあてる。縁側から見た、雪がやんだあとの積もった景色や朝露に濡れた蜘蛛の巣などは、この世のものとは思えないほど美しい、と小さな石井さんは感動する。アンズの花の美しさ、桐の花のいい香り。それってどんな花？どんな匂い？と祖母に尋ねたくなるような記憶の物語。「今思えば」という家族の〝それぞれの事情〟もある。子どもは小さな目や耳や心で、いろいろなことを感じ、記憶している。そしてそれらを思い出して綴りたい、と思える幼少時代を過ごした石井さんは幸せものといえるだろう。

児童文学のコーナーで手にした『100年の木の下で』（杉本りえ、ポプラ社）も家族の〝それぞれの事情〟をひもとく物語。主人公は友人関係に悩む十二歳の千尋。樹齢百年の栗の木と小さな地蔵があるおばあちゃんの家に、お正月、千尋の母とその姉妹が久しぶりに集まって過ごすことになり、千尋も年末からおばあちゃんの家に泊まるのだが、大きな栗の木とお地蔵さんには、ひいばあさんからの物語があった。

章ごとに現在の千尋と、千尋とおなじ年ごろのひいばあさんの話、おばあちゃんの話、おばさんの話が交錯する。当時の十代の少女が抱えるそれぞれの事情。それを見守ってきた栗の木とお地蔵さん。千尋は苦手だったおばあちゃんと過ごした数日間で、そんな先祖たちの息遣いを感じ、過去のたくさんの人たちに体の中から応援されているような気持ちになり、勇気がわいてくる。

近いつもりで、いつのまにか遠くなっている家族。お正月に集まった家族たちにも、それぞれの物語があるんだよなあ、としみじみするのであった。

（二〇一八・〇一）

猫も人も旅に出る

こう寒い日が続くと、暖かい海辺に思いっきり体を緩めて横たわりたいなあ、と旅行会社のパンフレットを眺めてはため息をつく。大人として、勤労するのはあたり前のことなのだが、ときどきご褒美と称して、そんな旅に出かけたくなる。今のご時世、不意打ちで不穏な事件に巻き込まれたりすることもあるけれど、あらかた無事に家に帰ることができる。しかし、旅とは本来、命がけのもの

であり、海辺でダラダラしたい、などという生っちょろい気分でするようなものではないのだった。

旅にはたいてい目的がある。**『猫のほそ道』**（嵐山光三郎、小学館文庫）の主人公ノラの場合、飼い主と共に隣町へ引っ越すときに、よそへ貰われていった三匹の子どもたちを探す、というのがそれだ。ノラは、十キロ離れた引っ越し先から以前の町に戻ってきたという、実在の猫がモデルだ。普通の猫の行動範囲は三百メートル四方というから、この距離を旅することは猫にとってかなりな冒険だったはず。

しかし、この物語はその十キロの感動的な冒険話ではなく、探しに戻ったけれど見つからなかったから、しかたなくノラ猫としてアラシさんという売れない作家の家にいつくところから始まる。アラシさんちの周りには個性豊かな猫たちが棲《す》んでいて、愉快なのは、彼らがみな俳句を嗜《たしな》む俳猫なこと。俳句結社まである。私たちが〝猫の会議〟と称している夜中の猫の集会は、実は句会なのだそうだ。ノラは、猫界の俳句宗匠となって名を馳せれば、名声を聞きつけて行方不明の三匹の子どもがかえってくるかもしれない、などと思ったりもする。

この物語の自由で愉快なのは、猫たちのいかにも気ままで薄情な愛らしさに加え、人間に化けた猫が普通に人間にまぎれているところ。厳しい猫世界で生きていくのに耐えきれない猫は零落して人間に化ける。彼らは猫と念力で話すことができる。後半、ノラは猫友と猫語がわかる人間と芭蕉の憧れの地、松島へ旅する。そしてそこで出会った、猫と話せる人物とノラとの意外な関係が明らかになり、旅の本来の目的に着地するのだった。

人情ならぬ、猫情の旅とうって変わってパウロ・コエーリョの**『アルケミスト』**（角川文庫）の旅は壮大で厳しい。これは四半世紀にわたって読み継がれる世界的な大ベストセラーだそうだ。

あらすじを端折《はしょ》れば、スペイン人の羊飼いの少年がエジプトのピラミッドに宝物を探しに行く、というもの。困難が襲い、途中何度もくじけそうになるけれど、少年は夢を信じて旅を続け、錬金術師《アルケミスト》の導きで自分をとりまく宇宙や、大いなる魂に目覚める。「何かを強く望めば、宇宙のすべてが協力して実現するように助けてくれる」という、なんともスケールの大きな励ましを、空々しいという人もいるかもしれないけれど、そのくらいの力強い言葉に励まされると、なんだか、よし！という気持ちになる。そして考える。本当に望むものって何だろう。それを見つけられる人しか、夢を実現することはできないのだから。

猫も人間も、旅して何かに出会う。ご褒美とは違う、冒険の旅もいいなぁ、などと、なんたる贅沢。

（二〇一八・〇二）

つながるふたり、ぶつかるふたり

毎月楽しみにしている句会を、このところ立て続けに欠席している。というのも、夏の終わりからつい先だってまで、舞台の仕事をしていたからである。句会はたいてい、仕事をしている人でも出席しやすい日時に設定されるわけだが、舞台の場合はちょうどその時間帯が本番。終わって駆け込めば句会に間に合うとしても、舞台の間は心身共にいっぱいいっぱいになりがち。句会を愉しむ余裕を絞

り出すのはなかなか難しい。でも一方で、俳句のアタマはそんないっぱいいっぱいの心身をほぐしてくれる作用もあるのだった。

俳句ロスな日常の中、緩やかに俳句の世界に浸れたのが**『吉行和子・冨士眞奈美　おんなふたり　奥の細道迷い道』**（集英社インターナショナル）。対談形式で、おふたりの俳句とのかかわりや思い出、俳聖芭蕉についてなど、朋友同士、忌憚《きたん》のない楽しい会話が続く。吉行和子さんと冨士眞奈美さんといえば、はずせないのが岸田今日子さん。そもそもこの三人が仲を深めたのも、句会だったという。それを知って妙に納得。本の中で冨士さんは、俳句をやっている仲間は血縁でもないのに、友だちとして特別なつながりを感じる、とおっしゃっていて、私もその感覚はよくわかる。この三人がこれほどまでに長く友だちとして付き合ってこられたのには、そこに俳句を愉しむという、共通の感性に対する信頼のようなものがあったからだろう。単なる仕事仲間だったらきっとそうはいかなかったかもしれない。吉行さんと冨士さん、おふたりの俳句に対するスタンスは微妙に異なるけれど、それでもずいぶん長く俳句を続けている。その間の人生のいろいろな甘さや辛さが滲み出るそれぞれの自選句は興味深く、芭蕉の俳句や生きざまに対する辛口の意見も愉快である。なにより、おふたりのこれまでの人生にいつも俳句があったということが、俳句愛好者の私をわくわくと嬉しい気持ちにさせてくれるのだった。

『ふたつの夏』（谷川俊太郎・佐野洋子、小学館）、こちらも共著、ふたりの感性がぶつかり合う。かつてご夫婦だったおふたり。帯には、「唯一の合作小説、待望の復活！」とある。ウィキペディアでちょっと調べてみたら、この初版本が刊行された翌年には離婚している。つまり、夫婦としては末期における作品。だからというわけでもないだろうが、佐野さんの容赦なく炸裂する筆が冴えわたる。ページの色のグレー地の作品は谷川さん、そのほかの作品は佐野さん。ひとつのテーマに、別の視点で物語を立ち上げ、そこに存在する時間は不思議に交錯する。知的で整然とした中に詩の世界が羽ばたく谷川さんの作品、むきだしの魂がひりひりする佐野さんの作品。それらがそれぞれ疾走しながらも、ひとつの世界を作り上げているのは、お互いの感性に魅かれ合いながら、実際にぶつかり合った才能同士の力技と言えるのかもしれない。にしても。知り合ったころの佐野さんからの私信を、あとがきに代えて巻末に載せる谷川さん。筆まめだったという佐野さんの手紙はそれはそれはチャーミング。亡き人の私信の公開という行為。内容がチャーミングなだけに、ちょっと複雑な気持ちだ。

（二〇一八・一二）

スピリチュアルvs.リアル

最近、私の友人のひとりが宇宙にはまっている。宇宙といっても天体とか科学的な方面でなく、ややスピリチュアルな方面の宇宙にだ。宇宙はつねに我々にパワーを送ってくれていて、それを受け取るのも、気がつかないのも本人次第、そのパワーは、楽しい、嬉しい、といったポジティブなエネルギーに反応するものなので、そういう感情をもつ人はさらにパワーを受け取ることができるそうだ。私に

は幽霊が見えるような霊感やスプーンを曲げたりする超能力はないけれど、演じるとか文章を書くとかいうことは、脳みそだけではない、ちょっと妖しい何かとの交感で表現されるような気もしていて、そういう表現をゲイジツというならば、ゲイジツにはある種の霊感が絶対必要だとも思う。だから彼女のいう宇宙の話も、まあ、あるだろうなと理解を示すのである。そもそも私たちの生きているところは宇宙の一部。私たちの周りに起きることはまさに宇宙で起きていることになるわけだ。

『猫のためいき鵜の寝言　十七音の内と外』（正木ゆう子、春秋社）は、俳人である著者の、新聞に連載したエッセーをまとめたもの。誰にでも起こっている普通のことを掬《すく》い上げてエッセーを書くことは、普通なら素通りするような何でもないことを言葉にする俳句に似ている、という。凡人からすると、だからそういう何でもないことを言葉にできるのが俳人のすごいところなんだよな、といいたい。温泉に入って湯口を眺めているといろいろな言葉が浮かぶ。「惜しみなく」「良き流れ」「大丈夫」「よしよし」。窯の中で焼き上がった器に罅《ひび》模様の入るときの音が、草木の傍らにいる精霊のつぶやきに聞こえる。綴られるエッセーは確かに暮らしの中にある普通の景色だけれど、そのまなざしは柔らかく、ふくよかで、ほんのりと温かい。そしてエッセーの最後を締める俳句はどれもさりげないけれど、どこか大きな宇宙への挨拶句のようにも思えてくる。普通なら素通りする何でもないことが実は宇宙につながっていて、まさに俳句って宇宙だよな、と思うのだった。

しかし、こちらは宇宙とか霊感とか呑気なことは言っていられない雰囲気。**『おひとりさまvs.ひとりの哲学』**（朝日新書）では宗教学者・山折哲雄と社会学者・上野千鶴子が「ひとり」についての熱い意見を戦わせる。宗教学者はスピリチュアリティーから、社会学者はリアリティーから、また男性は思想的で女性は実践的だというそれぞれの視点による「ひとり」の捉え方が興味深い。日本の伝統、文化、風土、さらに多神教、無神論者などの考察も絡み合い、議論は白熱する。

おしなべて上野さんが山折さんに絡んでいくさまが可笑しい。時にこのままケンカになりはしないかとハラハラもする。神秘主義や超越はいらない！と言い切る上野さんのきっぱりした姿勢は、おっさんの「野垂れ死に願望」や、あの世、彼岸、霊をも鉈《なた》切りに。そんな熱い議論の先にあるのは、「ひとり」で死ぬこと。私も真剣に考えたい究極のテーマだ。

にしても。月に兎はいないと確信しているけど、生きものと宇宙には何かあるのだ、必ずや。

（二〇一九・〇二）

児童書に憧れて

先日、読書週間にまつわるイベントで、朗読をさせてもらった。その日朗読したのは児童文学作家、石井桃子さんのエッセー。『クマのプーさん』『ピーターラビット』などの翻訳でも知られる石井さんのエッセーは、素直で誠実なまなざしで物事を捉え、きちんと暮らしているようすがその文章から感じられ、気持ちがすっきりして安心する。会場にいらしてくださったみなさんに、石井さんのそんな清々しさが伝われば、という気持ちで朗読した。子どものころに読んだ本といえば、伝記くらいしか思い浮かばない私にとって、児童文学の世界は今更ながら憧れるもののひとつだ。

『中川李枝子　本と子どもが教えてくれたこと』（平凡社）を読んでみた。世界的ベストセラー『ぐりとぐら』を書いたのは一九六三年、中川李枝子さんが保育園で先生をしていたとき。「この世にある最良のものを子どもに与える」という信念を持ち、大切な子どもたちの想像力を育てるのが自分の仕事だ、と常に全身全霊で質の高い保育の実践を試みた中川さん。その情熱は、どこか石井桃子さんの文学に対する姿勢に通じるものがあるな、と感じていたら、なんと中川さんの『いやいやえん』を発掘し出版するのに大いに貢献したのが石井さん。中川さんと石井さんはその後、公私ともに長きにわたり親しく交流があったというのを読み、納得したのだった。石井さんの晩年には、中川さんはご自分の親よりも優先して石井さんのそばにいたそうだ。そんな中川さんの語る、石井さんのエピソードは特別で興味深い。

いつも自分をひとりの人間として見てくれた親のように、中川さんも園児ひとりひとりを尊重し、それぞれの個性を大事に受け止める。そして良い本はそんな子どもたちを結び付け、子どもたちはお互いをわかり合い、和やかになるのだと。中川さんの本への思いに石井さんが重なって、児童文学への興味がさらに湧く。

そんなわけで手にしたのは『おかしなおきゃくさま』（ペク・ヒナ、学研プラス）。空からやってきた迷子の不思議なお客さま（たぶんお天気の妖精）の機嫌に、幼い姉弟が翻弄される物語。絵本とはいえ、実際は写真本で、粘土で製作された人形が、リアルなミニチュアのセットの中で豊かな表情を見せる。荒唐無稽でなくこれなら現実に起こりうるかも、というファンタジーに、リアリティーを与えるのが3Dという手法だ、という作者。まさに狙いどおり、リアルな背景に立つキャラクターの気持ちにすぐ引きこまれ、夢中になる。中川李枝子さんの「子どもはいつでも全力投球」という言葉どおり、まさにこの物語の登場人物たち全員の〝全力〟に、思わず笑みがこぼれる。生き生きとした人形の表情や動き、その髪の毛の一本にも感情が表現されている。どこか懐かしい家の内装、手触りが伝わる衣服など、あちこちに温もりが感じられ、何度も開いてみたくなる一冊。

賢くなるためでなく、楽しいから読む、という贅沢な時間こそ児童文学の醍醐味。そんな醍醐味を初老に味わう醍醐味。まさに贅沢だなあ。

（二〇一九・一二）

心を全開にする本

昔よりテレビは観なくなったけれど、毎回楽しみにしている番組は予約録画をして、後日まとめて観ることが多い。ただ、番組自体が短いものでも、観忘れているとどんどん溜まって、ともすれば録画容量のマックスに届きそうなところまで溜まってしまう（やや昔のテレビなので……）。その場合、出演者や製作者のかたにには大変申し訳ないが、早送りして、気になるところだけを通常の速さで観

て消去、という酷いことをしている。恐ろしいのは、リアルタイムで観ている番組も、ちょっと見逃したり聞き逃したりすると、無意識に早戻しボタンを押していること。ゆっくり観たいと思って録画した番組に結局追いかけられているのだ。

それは活字に対しても言える気がする。メールやラインにはなるべく早く返信せねばと思ってしまうし（遅いけど）、携帯電話に入ってくるニュースもシュババババとスクロール。それが癖になって新聞もツラッと見るだけ。とにかくなぜか急いでいるのだ。読書も然り。もともと遅読なくせに、現在毎月二冊本を選んで読んで書く、という社会人としての約束をしているので、余計に早く読んで、本、決めないと！と勝手に焦ったりする。

だが**『本を読めなくなった人のための読書論』**（若松英輔、亜紀書房）を読んで、はっ、と目が覚めた。若松英輔さんは、本の正しい読み方はないとしながら、たくさん読むことや早く読むことにはほとんど意味がない、言葉は多く読むより深く感じることのほうが圧倒的に意味がある、と諭す。読む人が心を開いたとき、書物も語りはじめると。最近、本に対して素直に心を開いていたろうか。知識や情報のための読書になっていなかったろうか。そう、楽しくなければ読書じゃない。薄くて字の大きい本を読む。一冊全部でなくとも心に飛び込んできた部分だけ読む。むやみに本を探さない。静かに出会いを待つ。何らかの理由で本が読めなくなった人が、それなら読めるかも、と思えるような読書論だ。私の場合静かに出会いを待っていたら社会人としての約束が果たせない危険もあるので、つい躍起になってしまうが、「言葉に向かって心を開く」ことを忘れず、読書の楽しみを味わいたい。

好きな部分だけ読むのも読書、と開き直って『お金本』(左右社編集部編、左右社)を手に取る。文豪を中心とした作家らのお金にまつわるエッセー、日記、手紙などを集めたアンソロジーだ。

お金にプライド、出版社、借金、男女関係などが絡むのだが、中でも貧乏話は興味深い。いや錚々たる文士らの、なんたる貧乏なことよ。夏目漱石、北原白秋、武者小路実篤、芥川龍之介、ｅｔｃ.。なかでも日記は、自己のつぶやきだが、どこか人に読まれるのを意識している感じが健気でじれったい。国木田独歩の気取っている（格調高い？）文章、種田山頭火のどこまでもポジティブな叫び。彼らにとっては切実なことだが、クスッと笑えてしまうのは不謹慎だろうか。お金の話題は普段あまり開けっ広げにしない部分。だからこそ、その人となりが窺《うかが》えて、面白い。好きな部分だけ、と思って手に取ったが、心全開、結局全部読んでしまった。

（二〇一九・一二）

芯の強い人たち

ずーっと家にいる。猫以外同居するものがないので、誰かに電話をしない限り口をきく機会がほぼない。外出できないこの状況は、「ひとりってこういうことなんだなあ」としみじみ実感する機会となった。そして日常の騒音がなくなると、本の中の言葉がいつもより増してクリアに胸に届く気がする。

『色のない虹』（弦書房）は、石牟礼道子さんが亡くなる直前まで読売新聞に約二

年間連載していた俳句とその自句の解説、自筆の絵、さらにこれまでの著書に未収録の三十一句を加えてまとめた「〈句・画〉集」だ。『苦海浄土』にはじまり、絶えず現代社会と人間の問題を考え、文章を書き、運動をしてきた石牟礼さん。近代以降、人間は自分たちが毒素となって、どんどん世界を壊し続け、日本列島はすでに亡骸《なきがら》だ、と全身全霊で悲しむ石牟礼さんの言葉は、悲しみも怒りも突き抜けて、もはや静かな祈りのようだ。亡き人の魂と交わる世界を心に持ち、さまざまな精霊たちの存在を感じ、天の声をつねに聞こうとしながら生きてきたというその世界観は、宇宙との調和に尽きる。

それは五・七・五の俳句の中にもたしかな温度をもって存在する。そこには挑むような険しさはなく、いつか見た空や海、風や草原の風景に思いがこぼれる。石牟礼さんにとって俳句は「カニが吐くあぶくのようなもの」、つまり息抜きをするところだったという。十七文字の詩の世界は、息をつめて現代の苦悩と向き合い続けた石牟礼さんがつかの間ため息をつく、救いの世界だったのだ。人間は宇宙の摂理に従って生きる小さな存在であり、自然の驚異的な力の前では無防備で無力であるとし、私たち人間は本来どういう存在か、どうあるべきか、と問い続ける石牟礼さん。そしてその答えの手がかりが、最晩年の言葉のあちこちに、懐かしい景色のようにちりばめられている。

『向田邦子ベスト・エッセイ』（向田和子編、ちくま文庫）は妹の向田和子さんが編んだ選りすぐりのエッセー集。何十年も前に読んだものもたくさん収められているが、私が向田さんの亡くなった年齢を超えてあらためて読むこれらのエッセーは、洗い張りをした着物のようにパリっと新鮮な手触りだ。解説の角田光代さんが「令和の時代を生きる私たちにも、同じくらいの近さを感じさせる」と書くように、女学校や戦争、気難しい父親の話題なども、ついこの間のことのように響いてくるし、忙しく飛び回る日常の景色もまったく古くない。とくに最後に収められている「手袋をさがす」には、向田さんの生き方に対する決意、覚悟が潔く表明されていて、その力強さに圧倒される。自分は現実的な欲望の強い人間であり、ほどほどで妥協はしない。いいものが着たい、おいしいものが食べたい、いい絵が欲しい。清貧や謙遜は嫌いだ、と告白する。その挑むような告白は、どこまでも高みを目指す戦士のようだ。

偶然にも石牟礼さんと向田さんは二つ違いの同世代。おふたりは同じ時代にまったく別の生き方をしていたようで、その芯の強さはとても近いところにあったのではないか。

（二〇二〇・〇五）

心身に沁みわたる

手帳をさかのぼって確認してみたら、三月末の連休から六月中旬現在まで、誰とも会食していないという事実が判明。そして、それがまったく苦になっていないというのが、自分でもどうかと思うところだ。夜遅くまで外にいるより、早く寝ることのほうが、嬉しい体質になってしまった。そうなれば必然的に朝も早くなるわけで、このところ、きわめて健全な時間に寝起きをしている。

そんな、いつになく整った私の心身に、すいと沁みわたったのが、忌野清志郎の名言集『**使ってはいけない言葉**』（百万年書房）だ。正直、名言集という類いの本は、あまり好きではない。切り取られた名言の前後が気になるし、誰かに定義づけされた名言というのも、なんだか押しつけがましい気がして。

しかし、この名言集は、「清志郎がいつか言ってたこと」的な親しみやすさや懐かしさに満ちている。清志郎、と呼び捨てにするほど、生前の彼の活動を網羅していたファンとはいえないけれど、ひたむきにロックやブルースを歌って演奏する姿や、ドラマで共演したときの静かで礼儀正しい佇まいなどに、とても真っ当な人なのだろうな、という印象を持っていた。「僕はナイーブで、ごく普通の人間ですよ」と自身を評しているが、清志郎として発言した言葉の数々は、シンプルで真っ直ぐでユーモアに溢れ、ぼんやり生きている私たちの目を覚ますようだ。夢を持つこと、勝負にでること、情報を捨てる強さ、元気でいること、心の中に芯を通すこと。自然への思いや政治や社会に対する憤り。今この時代に清志郎がいないことは残念だけれど、残してくれたメッセージは、清志郎という存在自体がそうであるように、きっと、これからも私たちに大切な何かを思い出させてくれるのだろう。

心が平静な私は続いて、茫漠たる不思議な景色が表紙の『**猫を棄てる**』（村上春樹、文春文庫）を。世界中に「ハルキスト」という熱心なファンが存在する著者だが、何を隠そう、私はこの作品が初ハルキだ。大流行するものからつい遠ざかってしまうという性質の私は、ハルキ作品に手を伸ばすタイミングを逃したまま人生後半を過ぎ、もう何から手を出していいのかわからない状態に。しかしこの本の薄さが、私に飛び込む勇気を与えてくれた。

亡くなった父親のことを綴ったエッセーだが、不思議な浮遊感があり、まるで短編小説のようだ。寺の息子として生まれ国語教師となった父親と、猫を棄てに行った日の朧《おぼろ》な思い出から、さまざまな襞《ひだ》へ分け入るように史実を辿《たど》り、父親の人生を淡々と綴る。そこには戦争という体験が大きな影を落としていた。価値観の違いが確執を生み、疎遠になっていた時期もあったという父親の人生は、「歴史の片隅にあるひとつの名もなき物語」であり、「メッセージ」として書きたくなかったという著者だが、子細に調べ上げた父親の軌跡に、やはり、戦争の悲しさを思う。そして世界はこんな名もなき物語に溢れているのだと思うとき、誰の人生もかけがえのないものなのだとあらためて思うのだった。

早寝早起きで整っている私に、清志郎とハルキは沁みました。

（二〇二〇・〇七）

III 先輩たちの本

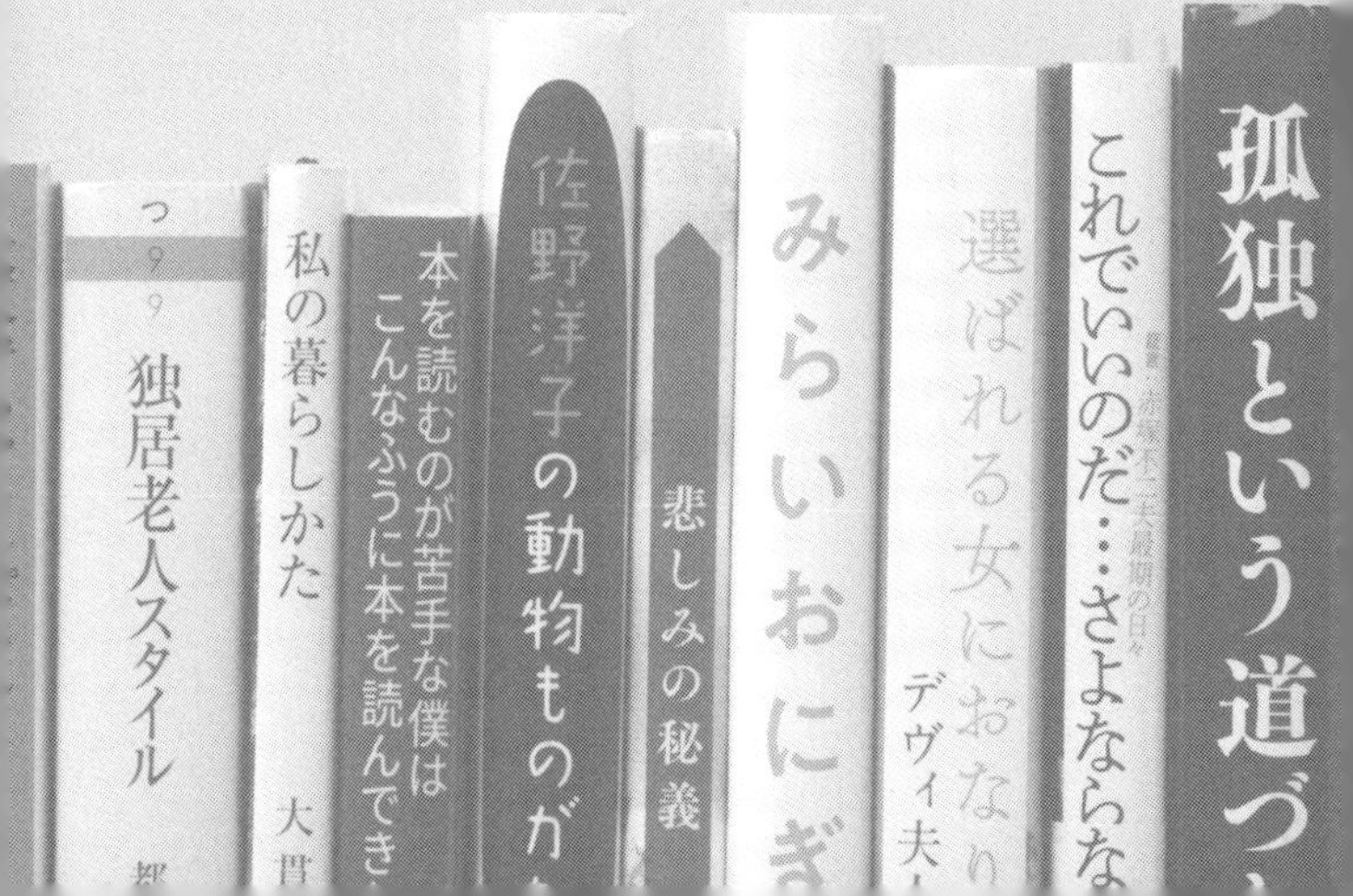

孤独という道づ
これでいいのだ…さよならな
赤塚不二夫最期の日々
選ばれる女になり
デヴィ夫
みらいおに
悲しみの秘義
佐野洋子の動物ものが
本を読むのが苦手な僕は
こんなふうに本を読んでき
私の暮らしかた
独居老人スタイル

奇跡の生きもの

強面《こわもて》の男性や近寄りがたい雰囲気の人が、実は猫好きだったりすると、それだけで、「おっ」となる。この「おっ」は、親近感がアップした心の声だ。外見のイメージとはまた違ったその人の意外な一面を想像して、勝手に親しみがフツフツわいてくる。

『フランシス子へ』（吉本隆明、講談社文庫）は、「戦後思想界の巨人」といわれた吉

本氏の最後の肉声を記録したものだ。フランシス子とは、〝特別なところはないけれど、なんとなくウマがあった〟という、吉本家の亡くなった猫の名前。なんとなく、とはいうけれど、フランシス子を語る穏やかな言葉の数々は、静かで深い愛着に満ちている。

吉本氏の発言は、時代ごとに社会に波紋を投げかけ、そのたびに大きな議論となってさまざまな世代に揺さぶりをかけてきた。そんな「巨人」がとつとつと語る猫のこと。一生懸命かわいがって、一生懸命なついてきて、ふたりは相思相愛なわけだが、そのレベルは「合わせ鏡のような同体感」「自分の『うつし』がそこにいる」というもの。自分か、猫か、というくらいに境界線が曖昧な一体感。

その曖昧な境界線は、吉本氏の尊敬する親鸞の話にまで及ぶ。親鸞も境界について思いを巡らせた人だった。あの世とこの世、坊さんと普通の人、善人と悪人。その境界はなにか。異なる海流がまじりあってできるうず潮を見て親鸞はなにを思ったのか。そして吉本氏とフランシス子の曖昧な境界。自分の「うつし」

を亡くした吉本氏の語りは静かでこころに響く。

パソコンに巨体をへばりつけて横たわるわが猫をそっと撫《な》でると、ガブッと噛まれた。このタイミングか！　くっきりし過ぎてるこの境界線！

『私の暮らしかた』（大貫妙子、新潮文庫）に垣間見る大貫さんの暮らしにもまた、猫がいた。

大貫妙子というシンガーのステージは、いつも張りつめた緊張感がある。それは最高の歌を届けたいという大貫さんの思いのあらわれだろう。

大貫さんの暮らしは、やはり、キリッとしている。細心をもって体調を管理し、自然環境について考え、農業をし、食事は手を抜かない。そんなふうにいろいろなことに気を抜かず暮らしている大貫さんを唯一振り回すのが、近所の通い猫たちだ。庭にやってきた猫の家族の居場所をつくり、雨が降れば傘を立てかけ、襖《ふすま》で爪を研ぐ猫を大声で叱り、姿を見せなくなった猫にいつまでも心を寄せる。

私の中である意味〝鉄人〟の大貫さんが、普段の暮らしで猫と関わる姿は、ほほえましく、かわいらしく、一段と魅力的な人物となった。そして鉄人は庭の草むしりや田植え、森林の保護に汗を流す。みんな「好き」なこと。著書のなかで、ご両親を亡くされた心情も綴っておられ、奇《く》しくも、ある意味自分の「うつし」を失った大貫さんと、吉本さんが重なる。

「巨人」や「鉄人」たちを柔らかな気持ちにさせてくれる猫の存在。なんという奇跡の生きもの。わが家の奇跡の生きものは、毎朝四時半に私を起こす。「めしー」。目覚ましもないのにきっかり四時半。まさに奇跡！

（二〇一六・〇九）

「好き」を束ねる

断捨離だなんだと、モノを持たない暮らしは、今も流行っていますか？　一番物欲のある二十代にバブル経済の直撃を受けた私としては、もう、よほどのモノでない限り、絶対欲しい！というモノはなくなった。さすがに人生五十年以上もやっていれば、大抵は今持っているモノで間に合う。

ところがつい最近、よほどのモノに出くわした。そのモノとは「メラミンスポ

ンジ」。商品名「激○ちくん」などといって、スーパーやドラッグストアで目にしたことはあったが、たかだかスポンジ、と手に取ることはなかった。それがつい先だって、家の掃除にはまり、どうしても落ちない部分汚れに、クレンザーだクエン酸だ重曹だと格闘していたところ、このメラミンスポンジは凄い、ということを知り、試しに購入してみた。水で湿らせて擦《こす》るだけ。結果、効果は絶大。今まで腕の筋を違えそうになるくらい擦りまくっていた汚れが、嘘のようにポロポロと落ちた。目からもウロコがポロポロ落ちた。周りの友人に、

「ねえねえ、メラミンスポンジ！　知ってる？　凄いやつ」

と鼻息荒く問えば、

「メラミン？　なにそれ」

「凄いよ。掃除の。白くて軽くてポロポロ落ちるやつ」

「それ激○ちくんのこと？」

と、私以外は皆すでに愛用者だった。なんでも一九九九年ごろには発売されて

いたそうだ。そんな昔からあったんですか……。

こんなふうに、暮らしの中の、これは！というものが集まっているのが**『私のごひいき』**（高峰秀子、河出書房新社）だ。それもスターの、それも骨董に舶来物にと、その審美眼はお墨付きの高峰秀子が探して試して、これは！とお眼鏡にかなったものばかり。彼女が五十歳のときから二十一年間にわたって連載していたものので、「二、三回のコーヒー代を節約する程度の価格で購入できるもの」を探して、デパートや、なんと東急ハンズやロフト、無印良品なんかをウロウロするのである。高峰秀子がハンズを！　当時まだ市販されていなかった使い捨ての紙マスクや、珍しかったぬれナプキン（ウエットティッシュ）などを、高峰秀子が「これは！」と思った瞬間を思うと、微笑ましく思うのと同時に、なんだかとても親近感がわく。「世の中、平和なせいか、最近はちょっと街を歩いても、いろいろと珍しい新製品に出合う」という言葉に、モノのない時代からブワっとモノの増えていった時代を生きる素直な気持ちがすくいとれる。

タイトルがなんとなく親戚のような『私の好きなもの』（岡尾美代子ほか、新潮社）は、六十九人がそれぞれの好きなものを挙げ、写真と、それに文を寄せたもの。みる、きく、きる、たべる、すむ、つかう、という項目に分かれていて、好きな景色や、好きな音、好きな時間など、さまざまな「好き」が切り取られている。そのどれにも物語があり、六十九人分の「好き」が束ねられた幸福の気に満ちた一冊。

出会いがあまりに遅かった「激○ちくん」。モノではもう、幸せになれない、なんてカッコつけていた私は瞬殺だった。使用後は消えてなくなるのもまた憎いところ。でも、ちょっと色気のないのが玉にキズか……。

（二〇一七・〇四）

先輩の輝く背中

本を読むことは、その本を書いた人の話を聞くこと、とお書きになったのは、井上ひさしさんだったか。少し前、松浦弥太郎さんも、そのようなことを書いておられた。まさにそのとおりだ。すでにこの世にいない人の話も、〝こっくりさん〟の力を借りずともうかがうことができる。幸運にも同時代を生きてはいるが、お目にかかる機会のない方もたくさんいる。今回登場のお二人も、そんな

方々。お目にかかったことはないけれど、その存在はいつも私を魅了してやみません。どんな言葉で何を伝えておられるのか。ぜひとも本を通してうかがいたい。

倍賞千恵子さんがこれまでの仕事について綴った『**倍賞千恵子の現場**』（PHP新書）。出演映画約百七十作中四十八作が『男はつらいよ』ということで、当然渥美清さんとのエピソードがたっぷりだ。渥美さんとの現場はいつも笑いに溢れ、奇跡のような瞬間の連続だ。俳優としての才能、努力、人間としての大きさ、優しさ。そして私たちがスクリーンから感じる寅さんのおかしみの裏の哀しみを、渥美清という生身の役者の間近で感じていた倍賞さん。倍賞さんは、そんな現場でたくさんのことを学ぶ。

そして、もうひとり、倍賞さんといえば、高倉健さんだ。あの名作『幸福の黄色いハンカチ』が意外にも初共演だったそうだ。その後も『遥かなる山の呼び声』『駅 STATION』と続くが、どれも素晴らしいコンビネーションだった。高倉さんのイメージは寅さんと対照的な寡黙な男だが、実はイタズラ好きでお茶目な方だったそう。渥美さんや高倉さんはじめ撮影の裏話がたっぷりで映画ファンにも嬉しい内容だが、あらためてすごいと思うのは、そんな日本を代表する俳優らとさりげなく寄り添い、支え合い、お互いに素晴らしい演技を引き出し合える「庶民派女優」倍賞千恵子の底力だ。渥美さんや高倉さんが輝けたのは、倍賞さんがいたからに違いない。すべては人との出会いによってここまでやってこられた、と謙虚に振り返る倍賞さんの、芝居に対する静かな情熱、取り組み方はお会いしてもなかなかうかがえる話ではないだろう。大先輩の貴重なお話を聴けたようなありがたい一冊。

『本を読むのが苦手な僕はこんなふうに本を読んできた』（光文社新書）は、二〇〇九年から続く横尾忠則さんの朝日新聞での書評をまとめたもの。本が苦手というのは横尾さんの代名詞だが、いやいやどうしてジャンルは多岐にわたり、独自の哲学で綴る書評は、さながら横尾さんの説法を聴くよう。特に芸術に関する書評は確信に満ちて冴えわたる。そして原節子さんの美しさや王貞治さんへの愛、児童文学への憧れなどを語るとき、横尾さんは少年のように純粋だ。横尾さんと同じ本を読みたくて気になるページの耳を折っていったら、あっという間に本の形がガタガタに。多すぎる！　そんな横尾さんでも、毎月の書評は「毎回アップアップ」で「見えないカルマを積んでいる」ようだったという。ああ横尾さん、あなたもですか！　光栄です……（涙）。

本の中で出会った先輩がたはやはり大きく、輝いていました。

（二〇一七・一〇）

ネイチャー魂が揺れる

先日、スケーターの浅田真央さんが対談番組に出演していらして、これからどんなことをしていきたいかという最後の質問の答えに驚いた。
「狩りをしてみたい」「(夢は) 自給自足の生活をすること」というのだ。家庭菜園とか、自給自足のレベルはいろいろあるが、狩猟! さすが世界の浅田真央さんは目指すレベルが違う。きっと世界中から注目され続けてきた浅田さんは、誰

の目も気にせずに、自然の中で伸び伸びと暮らすのが夢なのだろう。

世界中から注目されてはいないが、私も緑豊かな自然の中で暮らすことが長年の夢。しかしそれはいまだ青写真の域をでない。災害で孤立したらどうしよう。熊が家に来たらどうしよう。急に体調が悪くなって人を呼べなかったらどうしよう。心配ごとはあげればきりがない。

そんなウジウジいっている私の胸がすくのが『**野生のベリージャム**』（小島聖、青幻舎）。小島聖さんは女優業の傍ら、二十代のころから〝自然遊び〟にいそしみ、これまで国内外で登山やトレッキングをされてきた。ネパール・スイス・フランスの山々、ヨセミテ国立公園内のジョン・ミューア・トレイル、そしてアラスカ。驚くのは小島さんの体力だ。ネパールでは三千メートルを超えても高山病知らず、スイスではマッターホルン登頂のために三千メートル級の山に五日間ほど連日登って体を整える。ジョン・ミューア・トレイルでは二十一キロの荷物を背負って三百四十キロの距離を二十日間で歩く。それは荒天や熊の危険と隣り合わせの毎日。アラスカでは、慣れないカヤックで氷河を渡る。どの旅も間違いなく命がけだ。

また食事の記録も興味深い。山小屋での温かなシチュー。トレイルでのインスタントみそ汁。エナジーバー。歩くほどにどんどんメニューはシンプルになっていく。こんな質素な食べ物で、人はこんなにも歩き続けられるのだ。そして食べることは人間にとってどれだけ幸福なことかとあらためて思う。

歩き続けるという行為は、「生きる」という究極の本能だけを残して他は削《そ》ぎ落としていくようだ。感動を無理して言葉にする必要はない。哲学しなくてもいい。ご飯のことを考え、寝床のことを考え、天気のことを考える。「まず、行ってみよう。やってみよう」というフットワークで飛び込んだ〝自然遊び〟はとてつもなく大きなものを小島さんに与えてくれたのだった。

過激な〝自然遊び〟は羨ましいけれど、自分には無理ショボン、と**『ふたりの山小屋だより』**（岸田衿子・岸田今日子、文春文庫）を本棚から取り出す。詩人・作家の岸田衿子、女優の岸田今日子姉妹が、物心つく前から過ごしていた浅間山麓の山小屋の思い出と暮らしを綴ったものだ。裏表紙には今日子さんのサインがある。実は二〇〇一年の初版を今日子さんから頂いた。どのページを開いても、山暮らしの満ち足りた時間が、草いきれのように溢れてくる。いつも私の自然欠乏症を癒やしてくれる特効薬だ。

真央ちゃんの狩猟願望があまりに衝撃的で（いいハンターになりそう）、私のネイチャー魂が揺さぶられた。狩猟まではいかなくとも、「まず、行ってみよう。やってみよう」を実践したい。

（二〇一八・〇四）

引き寄せる読書

「引き寄せる」ということがあるとすれば、エッセーを読んでいると、そこに出てきた日付が、読んでいるその日と近くてびっくりすることが、よくある。『フジコ・ヘミング14歳の夏休み絵日記』（暮しの手帖社）の始まりの日も、なんとその本を買った日だった。

フジコ・ヘミングといえば「魂のピアニスト」。世界の脚光をあびたのは六十

代と遅かったけれど、味のある独特の演奏はもちろんのこと、その人生観、運命的ともいえる生き方は多くのひとを魅了している。そんな彼女の十四歳の夏休み。何十年か前の、今日と同じ日の夏の湿気や暑さやけだるさ。そこには私もよく知っている日本の夏があった。

それは終戦から一年後の夏。スウェーデン人の父親はすでに不在、フジコは日本人の母親と弟と三人で、三鷹の親戚の家に身を寄せていた。描かれているのは、敗戦後の日本人誰もが経験していたのと同じ、物がなくて、食料や日用品も配給というつましい生活だ。ピアニストだった母親は一九二〇年代にドイツに留学していたりして、裕福な家柄であったに違いないが、当時は家族を養うためにピアノを教授していた。フジコもすでにピアノの才能を見込まれ、毎日練習を欠かさない。だがそれ以外の時間は、弟と草取りをしたり、配給をもらいに行ったり、繕い物をしたり、プールで泳いだり、普通の十四歳の少女の生活だ。

ただその絵日記に驚かされるのは、フジコの描く絵の魅力的なこと、文字と日本語の美しさ、そしてユーモアだ。当時、親が外国人であること、祖国の定まらないことで複雑な思いを抱えてはいただろう。しかし絵日記は明るい。そこには彼女なりの意地があったのかもしれない。立派なピアニストになるという希望を胸に、毎日を健気に送っていた少女は、この後の運命の行方をまだ知らない。だからこそ余計にこの夏休みは眩《まぶ》しく、またフジコの不屈、強運ともいえる人生に寄せる感慨も深い。

『遥かなる山旅』（中公文庫）は串田孫一の山エッセーのベストセレクション。串田孫一は本気の山人にとってある種「神」のような存在らしい。私は山人でもなんでもなく、ただ山歩きにひたすら憧れ続けている陸《おか》サーファーならぬ〝陸山人〟だが、山、山、山、山、という無意識な念が引き寄せたのか、あるとき、串田孫一の本をまとめて幾冊か読む機会を得た。さまざまなことに造詣のある串田氏だが、山のエッセーは特に魅力的だ。単なる紀行文ではなく、時に詩的に、時に哲学的に、時に博物学的に、山を味わわせてくれる。串田氏は仲間と歩くこともあるけれど、圧倒的に単独行動。雪山や岩山、夜の闇。命がけの局面もたくさんあろうに、その語りはいつもさらりと柔らかい。

だが昨今の人間の傲慢な山への侵食に対しては苦言を呈する。こぞって人が集まってくる夏山を避けて、なるべくひとけのない山を探して歩く。自然に対して親しみを持ちつつ謙虚で、自然と静かに向き合いながら〝生きること〟を見つめ続けた。そのまなざしは崇高で「神」と呼ばれるのもわかる気がするのだ。

選ぶともなく選んだこの二冊、夏に読むのにぴったりで、自分の引き寄せる力に感動。

（二〇一八・〇八）

「小さな一歩」の先

この夏は本当に大変な暑さだった。日本のあちこちで40℃を超えるという異常事態。日常の買い物に出るのも命がけだった。

そんな中、私は二十代の友人二人と、新潟県の秘湯の旅へでかけた。秘湯の宿のスタンプラリーをしている私の渋い夏休みに、快く付き合ってくれたのだった。とはいえ、秘湯の宿だけでは若者にあまりに気の毒なので、ロープウェイで

山に登ってみたり、町ぐるみで開催している芸術祭の作品をレンタカーで見て回ったりした。だが新潟も東京と変わらない暑さ。案の定、東京に帰って二日間は廃人状態。おまけに疲労がたたったのか中耳炎にも罹ってしまった。たった三日間の休暇の末路がこんなことに。暑さ故か私の体力の衰えか。

中耳炎で廃人の情けない私の心を慰めてくれたのが、まったくの登山初心者だった著者が、ネパールのエベレスト街道をトレッキングするまでを綴った**『バッグをザックに持ち替えて』**（唯川恵、光文社文庫）。犬のために引っ越したという軽井沢を舞台に小説を書くため、初めて浅間山に登るが、足はガクガク、心臓はバクバク。頂上まで届かずにリタイア。その体験は「辛い」のひとこと。もう二度と山には登らない、と誓うものの、その後、亡くなった愛犬の喪失感を払拭するには、あの「辛い」ことにぶつかっていくほかない、と再び山に登ることに。山登りのリーダーである夫の「登れるところまででいい」という言葉が、気持ちを楽にしてくれたが、それもやはり前回と同じ地点でリタイア。だがそのときの山登りの感覚が、山への目覚めのきっかけとなるのだった。

山に登る人は、ある程度自分の体力や精神力に覚えがあるからか、あるいは美学からか、あまり、具体的な山の過酷さ、恐ろしさ、山小屋の実態などを吐露しない。山の達成感はそんな辛さを忘れるほど素晴らしいのだろう。だがこれを読むと、山登りがいかに過酷で命がけであるかがわかる。そして、そうしてまで山に惹かれる気持ちも。まったくの初心者だったからこその著者のさまざまな驚きや感動は、山を知らない者にとっても、そのまま驚きであり、感動だ。浅間山でトレーニングを続け、ついにはネパールの五千メートル級の山を目指す旅路は、少しずつ少しずつ、自分のペースで、でも時々は少し無理をして歩んでいく「小さな一歩」の先の、大きな可能性に気づかせてくれる。

そして、瀬戸内寂聴さんの**『死に支度』**（講談社文庫）。寂聴さんの半生は大胆、奔放、波瀾万丈と言われてきた。そんな寂聴さんなりの一歩一歩を経て、今は六十六歳年の離れた美人秘書との二人三脚の暮らし。現在と過去を行きつ戻りつ、小説とも随筆ともとれる内容だが、あきらかに実体験をもとに綴られた物語だ。我武者羅《がむしゃら》に生きた半生、そして今は書くことも、人に逢うことも、法話をすることも、食べることも、死に支度に入っていると思えば、心が晴れやかだという。そんな寂聴さんの一歩一歩はやはり逞《たくま》しい。

遊んで疲れて中耳炎なんかになっている場合ではないのだ。まずは体力をつけなくては。私なりの一歩を重ねて、いつか、わあ、こんなところに来ちゃったー、と驚きたい。

（二〇一八・〇九）

伸び伸びする言葉

小学校高学年のころ、私は小さな大人並みに大きかった。なにしろそのころから現在まで身長が三センチしか伸びていないのだ。だから子ども会のバレーボールチームでは、エースアタッカーだった。コーチは近所のおばさん、チームメートは学年混合。地域の子ども会だからか、スポ根的な堅苦しい雰囲気はなく、「○○ちゃん」と呼び合い、でも、なんとなくお姉さんとして、とか下級生だか

ら、とお互い思いやっていたような気がする。ところがそのつもりで、中学に入学してバレーボール部に入ると、そこは理屈抜きの先輩後輩なる絶対的上下関係。年がひとつ違うだけで、なぜこんな意味のない服従を強いられるのか意味がわからなくてすぐやめた。つまり私には体育会系（軍隊系？）の精神が全くなかったのである。

先輩と呼びたいのは、尊敬できるひと。年下にも尊敬できるひとはいるが、人生が滲み出る年上の先輩の言葉には、深みと光がある。

『遺言』（ちくま文庫）という潔いタイトルは、染織家志村ふくみと作家石牟礼道子の対談と往復書簡からなる一冊。書簡は東日本大震災の直後から始まる。それぞれ染織家と作家として、自然界に大いに寄り添ってきたふたりは、自然のもたらした大災害に傷つき狼狽《うろた》え、祈る。そんな中、石牟礼が志村に綴ったのは新作能の構想。そして主人公の天草四郎と、雨乞いの生贄として海に捧げられる少女の衣装を志村に依頼する。書簡の中で、また貴重な対談の折に、ふたりは熱心に新作能についての意見を交わす。そして、そのやりとりは必ず自然と人間のことにおよぶ。魂、命、死。生きとし生けるもののすべてを生類《しょうるい》とし、もはやこの世に生類の生きる場所はなくなったと詩にする石牟礼。そして美を失った日本人をもし繋ぎとめるものがあるとすれば、それは「色」と「言葉」だという志村。石牟礼の新作能は雨乞いの生贄によって村が救われる物語だが、震災後にこの物語を書かせたものは何だったのかを考えるとき、生類としての私たちの謙虚さが、未来に何より必要なものだということを思い知るのだった。

「これからを生きていく人たちに手渡したい言葉は、いっぱいあるんだ」と快活に語り掛ける先輩は、俳人・金子兜太《とうた》。**『金子兜太　私が俳句だ』**（平凡社）は、語りおろし自伝シリーズの創刊を飾る。

戦後「前衛俳句の寵児《ちょうじ》」と注目され、その人間臭い俳句が圧倒的な兜太だが、晩年は自身の戦争体験を講演する活動にも積極的だった。トラック島での壮絶な日々。そこで兜太は恥も外聞もない人間そのものの原形を、そしてそれがどんどん死んでいくのを見た。生きものである人間。生きものとして存在すること。それはもっと自由に、率直に、平凡に生きること。「社会とは、生きものがつくっていくものだ」というメッセージに、これからを生きていく私たちへの思いが込められている。

先輩たちの言葉は、迷いがなく、すっきりと清々しい。そして全く押しつけがましくないのは、経験が濾過《ろか》された謙虚な実感だからだろう。

身長は伸び悩んだ私だが、先輩たちの言葉を胸に、伸び伸びと謙虚に生きていきたい。

(二〇一九・〇一)

これでいいのだ。これでいいのか？

今年の元旦は、ふと思い立って書き初めをしてみた。墨汁がなかったので、墨をすった。人力で墨汁を大量につくるのはなかなか大変だった。書いた文句は「自画自賛」。貴重な墨汁を無駄にしないよう、気合を入れて何枚か書き、その中で上出来のものを洗面所の壁に貼った。夜、風呂から上がって、一日の最後にその書を見るのはなかなかいい。どんな一日でも、最後に自分を讃えるということ

を思い出させてくれるからだ。

そんな自画自賛の元祖といえばバカボンのパパ。**『これでいいのだ…さようならなのだ』**（赤塚不二夫・杉田淳子、小学館）は二〇〇〇年から二〇〇一年に雑誌に連載されていた赤塚不二夫のエッセーに、当時赤塚家のリビングや入院中の病室にまで頻繁に出入りしていた担当編集者・杉田淳子が当時を振り返り「証言」を添えた一冊。

エッセー連載中の赤塚さんは、自身の展覧会に関するイベントや、対談、インタビューが主な仕事で、マンガは「開店休業中」。とはいえ、家にはひっきりなしに客人が訪れ、そんな客人をもてなす赤塚さんの手にはいつも薄い水割りがあった。シラフのときは小心で自信がなく、自分をさらけだすことができない。「飲んでないときはホントにシャープで怖いくらい。ものごとの本質を見抜いている」と奥様は証言するが、だからこそ、飲まずにはいられなかったのかもしれない。そしてそんな赤塚さんの人となりを、愛を持って分析、時に暴露するのが、編集者だった杉田さんの「証言」。赤塚さんのエッセーは通して素直で、優しくて、バカバカしくて、でもその底にはいつも静かな肯定感が流れている。なんだか読んでいる自分のことも肯定せずにはいられなくなる。「いいんだよ、なんだって」という言葉をよく口にしていたと杉田さんは証言している。赤塚不二夫という天才は、まさに「全身これでいいのだ」の人だったのだ。

ものごとの本質を見抜いているといえば、佐野洋子さんもそんな人だったのではなかろうか。**『佐野洋子の動物ものがたり』**(佐野洋子／文、広瀬弦／絵、小学館)は、うさぎやブタ、白熊など、さまざまな動物たちが、人間さながらの日常の中で、まさに人間の本質を見せつける寓話集。男女の恋愛の本音、子どもたちの無垢さと残酷さ、ぼけ老人のスルドさ、夫婦の危うさ、妻の甘え。そこには、弱さ、哀しさ、恐ろしさ、傲慢さ、優しさが入り交じる。動物という笠が緩衝材になっているけれど、ひりひりと身につまされる物語ばかりだ。

このおふたりは、生まれ年が近く(赤塚さんは昭和十年、佐野さんは十三年)、どちらも中国大陸で生まれ、戦後、大変な思いをして日本に引き揚げてきたという共通点があった。そのことが少なからずそれぞれの世界観に影響をもたらしたところもあるだろう。

これでいいのだ、と肯定すること。これでいいのか?と憤ること。そんな世界観を炸裂させたおふたり。どちらも嘘がなくて、だから、読む私たちをそこはかとなく油断させ、安心させてくれるのかもしれない。

(二〇一九・〇四)

我武者羅な女

私は四十五歳で大学生になった。四十五歳は十分熟年だが、今振り返るとまだまだ元気なお年頃だった。授業はどれも面白かった。試験やレポートがなければいくらでも受けたかった。ただひとつ意味がまったくわからなかったのが、情報処理の授業。パソコンでさまざまな表を作ったり、データを入力してグラフにしたり。パワーポイントでスライドを作ってプレゼンテーションする授業もかな

り辛かった。「これらのスキルがこの先の私の人生でなにかの役に立つのか」と、授業のたびに、中学のマラソン大会のときと同じ苦しみが胸を締め付けた。だが脳みそは少々固くなっていたとはいえ、私は日本の大学で日本語で授業を受け、終われば可愛い猫の待つわが家へ帰ることができた。**『フィンランド語は猫の言葉』**（角川文庫）の著者、稲垣美晴さんがフィンランドで体験した大学生活に比べたら、屁の河童だ。

文庫本として最近出版されたこの本の初版は一九八一年。フィンランドの美術史に興味のあった稲垣さんは、卒論を書くためにヘルシンキに留学。一旦帰国するもフィンランドの魅力に憑かれ、日本の大学を卒業後、再びヘルシンキ大学へ。本書はその留学生活、特にフィンランド語の勉強に奮闘する姿がユーモアを交えて生き生きと綴られている。

フィンランド語は世界で最も難しい言語のひとつだ。まず単語の綴りがとてつもなく長い。そしてなんと格が十五もあるそうだ。英語でいう主格、所有格、目的格の三つ以外にいったいどんな格があるのか。それればかりか稲垣さんは音声学や方言、言語の歴史などにもがっぷり向き合い、試験のたびにシオシオになりながら、しかし逞しく試練を乗り越える。フィンランド語を勉強しているという時点で相当な根性と情熱の持ち主だと察するが、なにより、複雑でややこしいことが大好きで、フィンランド語の文法を勉強するのが楽しくて仕方ない、という奇人ぶり。楽しいから毎日気も狂わんばかりに勉強する。今から四十年ほど前のフィンランドで、インターネットのない留学生活。二十代後半で稲垣さんが体験したフィンランドでの暮らしは、ひとごとながら懐かしく眩しい。

我武者羅に生きてきた女性といえば、ラトナ・サリ・デヴィ・スカルノさんことデヴィ夫人もそのひとりだ。**『選ばれる女におなりなさい』**（講談社）は「デヴィ夫人の婚活論」とサブタイトルにあるように、幸せな結婚をするためのアドバイスが満載だが、我々の「想像をはるかに超えた異次元生活」をされている夫人のアドバイスは無邪気で強気で、そのまま我々の参考になるかというと、どうだろう。

それよりも興味深いのは第一部に綴られたこれまでの生涯だ。根本七保子という貧しかった少女が、生来の賢さと美貌に甘んじることなく、我武者羅に努力し続け、もっともっとと欲しいものを手に入れてきた逞しさは圧巻だ。デヴィ夫人にとって人生は戦いであり、自分は戦場の一戦士だという。そんな戦士は置かれた場所で咲くのに留まらず、自らの種を鳥に運ばせ、さまざまな場所で花を咲かせた。

嗚呼逞しき哉《かな》二輪の花!

（二〇一九・〇七）

ハワイで孤独を抱きしめる

二十三年ぶりにハワイ島のコナで夏休み。海に潜ってイルカに会ったり、レンタカーでマウナケア山へドライブしたり。帰国して実家の母に写真を見せると、三十年前に家族でオアフ島に行ったときのことを思い出して笑っていった。

「これが最後の水着かもね、なんて言ってたよねえ」

確かにそのとき、水着姿で波と戯れる両親を「大丈夫か」と多少心配してい

た。しかし、計算してみると当時の母はなんと今の私と同じ年齢。二十代の私から見れば、五十代の母は立派な年寄りだった。それなのに、私は今もキャッキャいいながら二十代のときと変わらない気持ちで遊んでいる。この年齢と意識のギャップ。これが埋まるときが来るのか。もしかしたら人生とは、そんなギャップに時々ビックリしながら粛々と過ぎていくものなのかもしれない。くわばら。

日本の映画界での華々しい活躍から一転、二十四歳で結婚のためにフランスに渡った岸惠子。作家としてもこれまで時事問題を織り込んだエッセーや小説を発表してきたが、**『孤独という道づれ』**（幻冬舎文庫）には、岸惠子というひとりの人間の、より素直でリアルな今の心情が綴られている。

映画スターであり、その美しさはもちろんのこと、知的で、独自の哲学を貫いて生きる凜とした姿は、そうやすやすと人を近づけまい。そんな宿命的に孤高な彼女にも、当たり前に日々の暮らしがある。そこには、自宅の庭で顔面から転んで流血したり、電話のなりすまし詐欺と攻防戦を繰り広げるといったおちゃめな一面や、泥棒に何十回も入られるというおおらかさも。

しかし、日仏両国の法律の複雑さゆえ、正式な親子証明がいまだ取得できないまま、日本よりフランスの文化を選んで育った娘との微妙な、しかし確実な溝に対する吐露は切実だ。そこには深いさみしさが滲む。それでも苦労よりしあわせのほうが多かったと、人生を振り返る。自分を「年寄り」と感じたことは一瞬たりともないという岸惠子の人生は、粛々と過ぎていく時間を超越した、逞しさと華やかさがあるのだった。

「孤独は人間であることの宿命なのかもしれない」というのは『悲しみの秘義』（ナナロク社、現在は文春文庫）の若松英輔。新刊の間に平積みにされていたこの本は、四年前に刊行され今年六刷。両手に軽やかに収まるサイズがなんともいい塩梅だ。

若松氏はあるとき、私の大好きな番組「100分de名著」に講師として出演していた。その解説を聞いて、なんと優しい眼差しで物事を見る人か、と感動した。そしてこの本もそんな優しいオーラに包まれている。誰もが漠然と抱える孤独や悲しみに、文学という切り口で優しく寄り添う。若松氏は自ら最愛の妻を亡くし、悲しみの底を味わう。そのことには極めて控えめにふれながら、この一冊はすべてそこから始まっているとすぐにわかる。そして、そんなとき、言葉の持つ力に救われるのだと、確信を持って静かに語りかける。印象的な引用も多く、末尾にそれらの書籍リストが記載されているのがまた親切だ。

夏休みの二冊。孤独と悲しみに浸った心に、ハワイ島の風は優しいのだった。

（二〇一九・〇九）

ものにはパワーが宿る

樹木希林さんに関するたくさんの本のなかで、しみじみ見入ったのが**『樹木希林のきもの』**（別冊太陽編集部編、平凡社）だ。

希林さんの着物姿はとても個性的で、メディアでその姿を拝見するたびに、カッコいいなあと見惚《みと》れていた。着物は高級なもので、ルールがあって、着るのも難しい、という常識から、もっと自由に楽しんでいいものなんだ、と私たちに気

づかせてくれた。ただし、その楽しみ方こそセンスが問われることで、希林さんのそれは、ものを最後まで生かしきる、というところにあった。

希林さんはものを買わない、溜めない、という精神を貫いていたそうだが、唯一、着物だけは「悦《よろこ》び」として所有することを自分に許していた、と娘の也哉子さんが書いているように、一冊の中に溢れんばかりに希林さんの着物が登場する。そしてそのどれもが、布たちが一番いい場所で生きるようにと、ほどいてほかの着物と縫い合わせたり、帯に作り替えたり、ひと手間もふた手間もかけたものばかりだ。また、着物だといまいちなものも洋服にすると輝くものがあることに気づき、そんなふうにしてできたドレスも三十着を超える。

着物地を洋服にするようになってから、人前に出るときも気後れも気兼ねもなくなって、気持ちが楽になって何の心配もなくなった、と話すように、布地の持つ力は希林さんに勇気を与えていた。そんなエネルギーを希林さんに注入していた圧巻の着物、そして、それを所有していた希林さんのパワーにもあらためて驚愕する。着物ばかりでなく、こだわり抜いて整えられたシックな自宅の写真からも、希林さんの美意識や哲学を垣間見ることができる。

一方、豪快に買いものを楽しむのは『伊藤まさこの買いものバンザイ!』(集英社)の伊藤まさこさん。暮らしまわりのスタイリストという仕事柄、「買いものは私の人生の一部」と言い切り、バンバン買いまくる。キクラゲは枕くらい買うし、バターナイフは似たようなものを何本も持っている。洋服は色違いで買うし、迷ったらひとまず買う。旅行先でたびたびスーツケースを買い、戦利品を詰めて帰る。そんな豪快な買いものをしていても、ものは増えないとか。人に分けたりあげたりして、循環しているらしいのだ。買いものは気持ちがスカッとしてワクワクして自分自身の新陳代謝になって、人に喜ばれることもある、とその哲学はどこを切ってもポジティブ。楽しい写真とエッセーを通して、その圧巻の買いものっぷりを堪能したが、欲しいものに対して素直で正直で思い切りがいいので、こういう人は人に信頼されるに違いない、と思った。

断捨離だこんまりだ終活だと、ものを持たない、整理する、捨てる、そして身軽になる、というブームはまだまだ続いている。ものを持っているほうが安心な人、ものを持たないでいるほうが気楽な人、どちらも個人の自由だが、やはりものにはパワーがあると思う。好きなものにはパワーをもらえるし、好きなものだけに囲まれて暮らしている人は、強力だ。「これが好き」と言い切れる潔さが、その人の強さなのだ。

（二〇一九・一〇）

静かな凄みの先輩がた

調べものをしていたら、「春睡のうつつに江上トミの声　富安風生」という俳句に出会った。富安は高浜虚子の弟子だが、はてこの「江上トミの声」とは何ぞや？　さっそくウィキペディアで検索してみると、テレビ草創期に活躍した料理番組講師の草分けで、日本の「料理研究家」の元祖として大活躍した人らしい。なるほど、春の暖かさに眠ってしまった昼下がり、テレビでは江上トミの料理番

組が放送されている、という情景なのだろう。ちょっと面白い俳句だ。

そんな句に思いがけず繫《つな》がったのが『みらいおにぎり』（桧山《ひやま》タミ、文藝春秋）だ。桧山さんは九州で活躍する九十三歳の料理家で、現在も料理塾で家庭料理や生活者としての知恵や心がけを伝えている。母校である小学校の授業で話したことを元に、桧山さんのこれまでの人生を振り返りつつ、子どもたちの明るい未来を願う一冊。町医者の十一人きょうだいの十番目の子だった桧山さんは、二十人ほどの大家族の中で、人どうしの関わり方や、思いやり、暮らしの秩序など多くのことを学ぶ。将来は絵描きになりたいけれど、食いしん坊の桧山さん、お料理は習いたいと、十七歳のとき母親に頼んで通うことになったのが「江上料理研究会」。そう、そこで教えていたのが、江上トミさんだったのである。つい昨日ウィキペディアで知った江上さん。なんという引き寄せだろう。

そして江上さんに出会って、桧山さんの人生はその後料理と共にあり続けることになるのだった。若き日の戦争や夫との死別など、大人としてはそんな人生の大事件をぜひ伺いたい、と思うが、子どもの読者を視野に入れてか（すべての漢字にルビが）、その辺はさらっと書かれていてやや物足りない。それでも、人生の大先輩のメッセージは、心のこんがらがった糸を優しくほどいてくれるような、温かさと希望に溢れている。巻末にカラー写真で紹介されるおにぎりの作り方には、昔から現在まで、そして未来をも明るく照らすものこそ、おにぎりであれ、という桧山さんの願いが込められている。

人生の先輩の話はおしなべて興味深いもの。『独居老人スタイル』（都築響一、ちくま文庫）は特に個性的な先輩がたのライフスタイルが覗けるインタビュー集。アーティストやスナック・ママ、映画館お掃除担当、流し、道化師、日本舞踊家等々、どの先輩も自分のペースで現役を続けている〝独居老人〟。独居となった過程はさまざまだが、全員〝自分の世界〟を生きている。その揺るぎなさたるや。捉え方によって、幸せにも哀れにも紹介できるその生活ぶりを、明るく照らしているのは、取材を続けた著者の、独居老人に向けるポジティブな眼差しだろう。幸せそう、とは軽々しく言えない。どの顔にも、これまでの人生で見てきた何かが刻まれている。それは静かな凄み、と言ってもいいかもしれない。近くはないけれど、遠くない将来、自分が迎えるであろう独居の老後に思いを馳せ、背筋がもぞもぞしたのだった。考えてみたら私はすでに〝独居〟。順調に凄みが刻まれているのだ。わはは。

（二〇二〇・〇三）

オーバー八十に乾杯！

私の両親は八十代後半。昭和の親子だからかあまり腹を割って話すこともないが、年々、なかなか個性的なことになっている。年をとるにつれ、体裁や我慢といったことから解き放たれていくのは、自分もそうだし、まして私より三十年以上長く生きている親たちは、さぞかしマイウェイに違いない。そして世間の八十代の先輩がたもユニークなかたが多い。それはやはり、戦争を含む、圧倒的な経

験値が醸し出す魅力なのか。

横尾忠則さんも、そんな魅力的な八十代のおひとり。横尾さんのエネルギー溢れる作品の数々から、さぞかしご自身もエネルギッシュに日々お過ごしになってこられたのだろう、と漠然と思っていたら『**病気のご利益**』（ポプラ新書）には、未熟児として生まれた時から八十三歳までの心身のピンチが山盛りだ。しかし横尾さんにとってピンチはチャンス。怪我や病気は肉体について考えるいい機会だし、病気が自分の芸術を進歩させ、人格を向上させてくれることもあるかも。それはまさに神様が差し出した贈り物だ、と非常に前向き。

横尾さんの病気哲学は、人間もひとつの自然現象と捉え、宇宙や死後の世界にまで及ぶ。一方で、絶体絶命の症状が、ぜんざいや、大好物のマロンクレープを食べたらケロリと治ったりするのが面白い。それもひとつの直感や閃き。たくさんの怪我や病気と向き合ってきた横尾さんがたどり着いたのは、ふと湧き起こる直感や閃きに従って行動することが快癒につながる、という考え。心配ですぐに病院に行くし、意外と病院は好きらしいが、病院の治療だけに頼らず、自分で自分の肉体の声を聞き、医師と自分のコラボレーションによって病状を見極めることが必要だと。私も同世代と集まると、体調の話で盛り上がる年代になったが、それは間違いなく心の浄化作用になっている。横尾さんの病気話にもそんなご利益がある。

『暇なんかないわ　大切なことを考えるのに忙しくて』（河出書房新社）は『ゲド戦記』の作者として知られるアーシュラ・K・ル＝グウィンによるエッセー集。彼女が八十一歳で始めたブログの記事から四十一篇を選んだものだ。私は『ゲド戦記』もル＝グウィンさんも知らないけれど、タイトルと表紙の著者の面構《つらがま》えがあまりにカッコよかったので、思わず手にした一冊。

彼女にとって締め切りも制約もないブログは自由に思考をめぐらすのにもってこいの媒体だった。老齢、言葉、フェミニズム、経済、猫、芸術、コミュニティー等々、彼女の考えることは広くて深い。入り口は半熟卵の食べ方や、猫が鼠を捕まえること、野菜を食べることなど日常的なところから、ビックリする思考回路をたどり「そこに来たか！」と唸らせる。翻訳本というハードルはあるが、文章は風刺に富んでいて、敢えて正解を明確にせず、「考えること」を読者に促す。真実を見つめ、自然を愛し、思慮深く、強い人。はじめて出会ったル＝グウィンさんはそんな印象だ。ブログという軽やかな場で、骨太な思考を楽しんだル＝グウィンさんに、考えることの自由さ、大切さを改めて気づかせてもらった。

オーバー八十から、まだまだたくさんお話を伺いたい！

（二〇二〇・〇四）

大阪弁の効用

今年八十八歳になる父親は、春に病気が見つかって現在自宅で療養中だが、同居の母親も高齢で、療養食にまで手が回らないということで、一日二回の配食サービスをお願いすることになった。病人とはいえ、食欲はまだ旺盛で、配達される柔らかくてうすらボンヤリした味付けの食事を、初めのころこそ健気に食していたが、ふた月めあたりから哀願を含んだ文句を言いだした。「俺は好きな物

を食べて死にたい！」。手土産の鰻や寿司などを病人とは思えない勢いで食べられるくらいだから、あの、いつも同じ容器に入ってくるうすらボンヤリした食事は、お腹には優しいかもしれないが、気持ち的には全然パワーがチャージされないのだろう。

九十五歳を過ぎてなおも食への思いを伝え続ける辰巳芳子さん。**『辰巳芳子ご飯と汁物』**（ＮＨＫ出版）に登場するご飯と汁物は、誰もが口にしたことのある「日本のごはん」だが（番外編で洋食もチラリとある）、そのどれもが神々しく、パワーに満ち溢れている。辰巳さんといえば、まさにお父上の介護を通じて開眼したという「いのちのスープ」。そんな命を養うスープに対する真剣勝負を、かつて、スープ教室のドキュメンタリーで拝見したことがある。生徒さんに厳しく指導する辰巳さんの姿に、こちらの背筋もピンと張りつめた。

どれだけ手抜きをして美味しいごはんを作るか、ということが重宝される今、辰巳さんの料理はそれをまったく意識していない。むしろまっとうなやり方で命に沁み入る料理を完成させる。ひとつひとつが作品であり、その作り方を残していく、伝えていく、という気迫がページごとに感じられるのだった。

食べ物が命を養うというのは、シンプルであたりまえのことだが、ニンゲンの体は少々雑に扱っても簡単に崩壊しないところが落とし穴で、テキトーな食べ物でお腹を満たして生きていくこともできる。でも食べ物のもつパワーは（カロリーじゃないよ）、ニンゲンの精神に多大な影響を与えるに決まってる。

弱っている父親にこそこんな料理を毎日食べてもらいたい、と思うものの、そこがなかなかムッカシイところやねんな。『大阪弁ちゃらんぽらん〈新装版〉』（田辺聖子、中公文庫）を読んでいると、深刻な問題も、どこか息が抜けるような軽やかな気持ちになる。大阪弁に着目した大阪人論、大阪文化論といえる本書だが、書かれた当時でも、もはや使われなくなってしまった言葉もあって、上方の古典落語と同じように、言語学的にも貴重な資料といえそう。

初めて知る言葉もあれば、聞いたことはあってもその活用法の妙に思わず声を出して笑ってしまう。特に罵詈讒謗《ばりざんぼう》用語がツボでした。罵り合いの喧嘩でも、文字にすると思わず笑っちゃう。イタリア語のような「なンかッさらッけッかるねン！」、頭に「ド」さえつければ、なんでもかなりな破壊力になるなど、田辺さんの解説で大阪弁のおちゃめな猥雑さがひときわ輝く。大阪愛が深まる。父親のぼやきも「うまいもん食わしてんか」と大阪弁にしてみればどこか救いが（本人は必死でしょうが）……ある？

（二〇二〇・一一）

IV 愉しいひとり暮らし

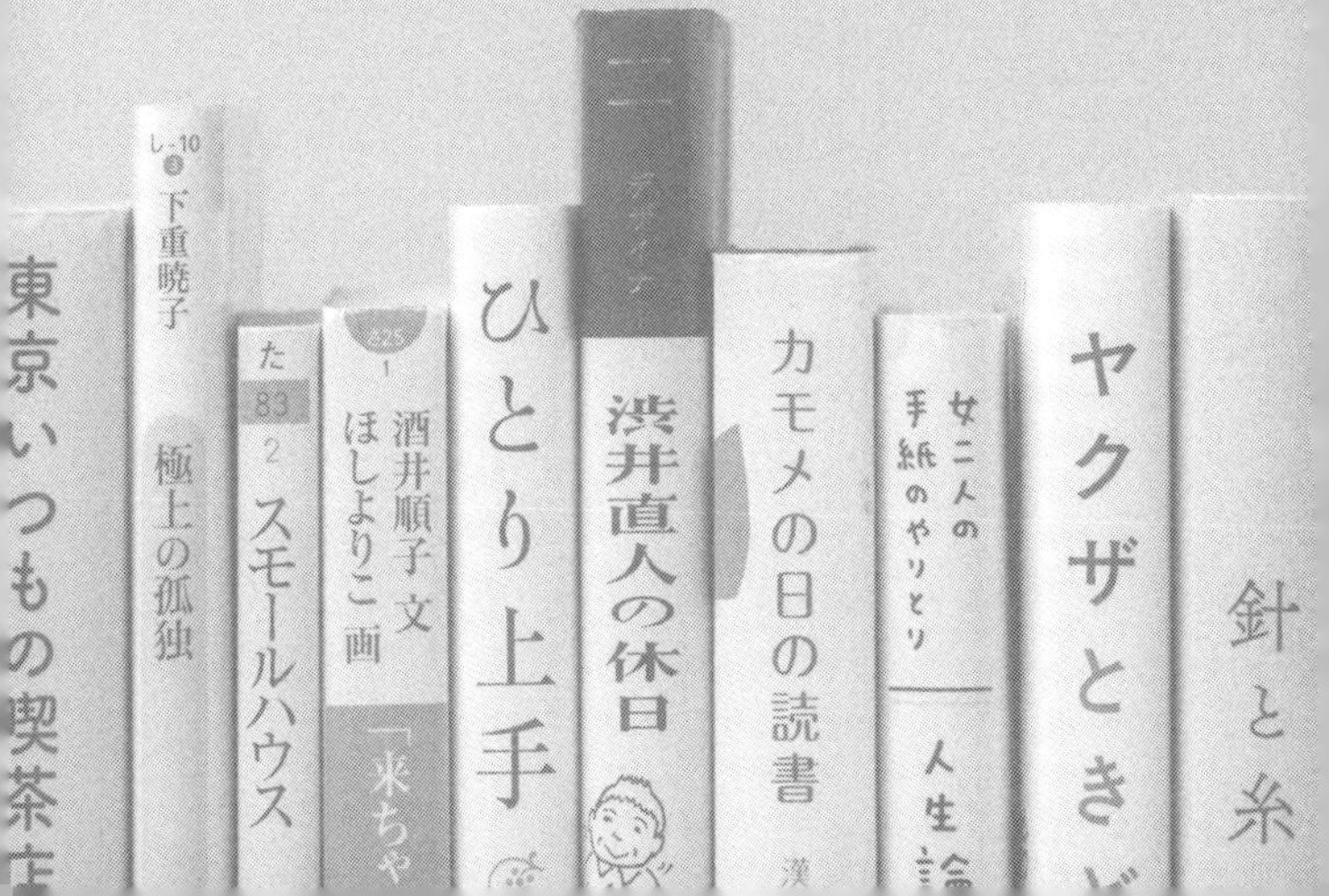

散歩の時間

フィンランドから日本に里帰りしている友人は、やたらと歩く。宿泊している世田谷の代沢から渋谷まで（約三キロ）は屁の河童、南池袋から代沢まで（約十キロ）徒歩で帰ったという話には、さすがに絶句した。彼女が腕につけている健康メーターによると、一日二万歩はざらで、一日の消費カロリーも二千キロカロリー超えだったりする。私の経験だと、仮に一万歩歩いたとしても、消費カロリ

ーは二百キロカロリーそこそこ。二千キロカロリーを消費するのに、いったい彼女はどんな猛烈な活動をしているのか。ちなみに彼女の仕事は文系である。決してガテン系ではない。とにかく、そんな歩行モンスターな友人が日本に滞在している間、私にも歩け歩けブームが到来。さすがに一日二万歩は無理だけど、家を早めに出て目的地より少し手前の駅で降りたり、知らない通りを選んで歩いてみたり、東京の町をいつもとは違った目線でさすらう時間を作っている。

そんな歩け歩けブームを後押ししたのは**『東京随筆』**（赤瀬川原平、毎日新聞社）。新聞の連載だったというこれらの文章は、一節がまことに短い。町を訪れた著者の驚きや感慨が、凝縮されているようないないような、つまり気負った感じでなく、まさに実感の叙述が、大人の散策だなぁ、と思う。限りなく東のはずれとはいえ東京生まれ東京育ちの私は、その情景がありありと浮かんでずんずん進める町もあれば、うすらぼんやりで迷子になる町もある。でも不思議とどの町もなんとなく懐かしい感じがするのは、東京の町で育ったことに加え、これまでの俳優の仕事で東京都内津々浦々の町まで出張った記憶のせいに違いない。そう考えると、今まで過ごしてきた時間が散歩というものを豊かにしてくれるのだなあ、とシミジミするのである。

散歩の楽しみのひとつは、喫茶店である。**『東京いつもの喫茶店』**（泉麻人、平凡社）は著者の「喫茶店もの」第二弾だが、その前著も『東京ふつうの喫茶店』というタイトルにグッと惹かれ、発刊当時に即購入。しかし、大事にしすぎて（？）六年もの間寝かせてしまい、今回二冊まとめて読了した。これまた、東京津々浦々の喫茶店である。それもやや〝オジサン〟目線。このオジサン目線の喫茶店こそ、私好みの喫茶店だ。もはや若者がWi-Fiをつないで自意識を発散させるともなく発散しているようなけだるいコーヒー屋は居心地が悪い。自意識を発散しすぎのオジサンも困るが、お客にほどほどの〝隙〟があるような、そんな喫茶店が好きだ。そしてそんな喫茶店が減りつつあるからこそ、著者もそんな喫茶店を経めぐったのであろう。本の中の気になる喫茶店を調べてみたら、閉店しているところもあったりして、時代の無常を感じるばかりである。

昨日は半蔵門で友人とご飯を食べたあと、ひとり、渋谷方面に向かって歩いてみた。いつもは車窓を流れるだけの景色が、しぶとく私の周りを離れない。結構な勾配に驚いたり、人影が全く途切れて急に狐が出てきそうな気配に包まれたり。しかし、渋谷は程遠い。よろめきつつ万歩計の一万歩突破を確認。もう無理！　タクシーに乗った。

（二〇一六・〇六）

スクワットのおとも

去年の十二月に地味に右膝を痛めて、以来近所のクリニックのリハビリテーション科に通っている。ボールを股に挟んで潰したり、ゴムチューブで太ももを縛ってスクワットしたり、それまで運動的なものをまったくしていなかった私は、さながらプチアスリートな気分である。
それにしても膝ひとつ痛めても、日常生活の不便なことよ。寝床で伸びをする

にも、靴下をはくにも、歩いて無意識に方向転換するにも、目の醒めるような痛みが。指先ひとつ切ってもいろいろ不便なことを思い出し、つくづく人間の体に無駄なところはないのだな、と思い知る。いわんや足をやである。もし今富士山が大噴火して交通機関がマヒ、とにかく歩いて行ける限り避難を、となれば、私はきっと「どうぞ私のことはかまわずに……」と避難の列から脱落、富士山の灰にうもれるのだろう。また、もし私がサバンナのヌーだとしたら、真っ先にチーターにお尻をかぶりつかれるのだろう。ああ、五体満足のなんとありがたいことよ。

膝を痛めてあらためて気づいたことに、大好きな旅にも支障があるということがある。旅はとにかく歩く。電車や車からの景色もいいが、その先に旅の醍醐味があったりする。痛みをおして友人と旅にでかけたりもしたが、いらぬ心配や予定変更など、いろいろ迷惑をかけることになって、以後自粛、養生して復活を目指すことに。

そんな健気な私の大いなる慰めになったのが、『江戸諸國四十七景』（鈴木健一、講談社選書メチエ）と『「来ちゃった」』（酒井順子／文、ほしよりこ／画、小学館文庫）である。二冊とも旅にまつわる著書だが、前書は江戸時代の日本を覗き見る旅だ。その旅は北海道から沖縄まで江戸時代の四十七の名所のさまざまな風景画を示しながら、私たちはそれらの土地のイメージを古く和歌や文芸などの情報から「型」として認識している、という視点で展開していく。例えば「三河八橋といえば杜若《かきつばた》」「五条大橋といえば義経と弁慶」「壇ノ浦といえば平家滅亡の地」といったような。歌枕は万葉のころからの名所のイメージを今に伝え、民話や伝説などもその土地のイメージを作り上げている。たくさんの図像と引用文献の漢字表記にいささかおよび腰になりながらも（ルビはふってくれています）、特徴的でシュールな当時の日本諸国の風景はタイムトリップを十分に楽しめる。

一方前書が俯瞰《ふかん》の旅とすれば、後書はとことんその土地の今を体験する旅。バブル世代であり鉄子でもある著者の酒井さんの旅は、もはや燻《いぶ》し銀だ。まさに地の果て地の裏まで。余呉《よご》湖畔の素晴らしく美味しいなれ鮓《ずし》、椎葉村の狩猟がえりのワイルドな人と犬の迫力、日本一長い五時間もの路線バスの旅、三徳山《みとくさん》「投入堂《なげいれどう》」のそそり立つ崖を藁草履で登るなどなど。旅慣れた酒井さんは非日常を楽しみながら常に客観的であり、俗なマチで傲慢に暮らしがちな日常との対比を忘れない。

二冊を読了したら、たっぷりと旅をした気分に満たされた。旅には頑健な足が必須である。今夜も粛々とスクワットに励む私である。

（二〇一六・〇八）

正直に書く覚悟

「日記買う」は俳句における冬の季語だ。十月も半ばを過ぎれば文具店や書店の棚に来年のカレンダーやスケジュール帳、日記帳が並ぶ。

日記を書かなくなって幾年月だろう。昔々の大昔、小学校の絵日記から始まって、高校生くらいまでは、日記というものを結構マメに記していた。しかしそれらは今、手元に一冊もない。高校卒業のころに、友達と江戸川の河川敷で焼き芋をしたとき、みな火にくべられた。「日記を火にくべる」というのはなんだか情念の響きがあるが、そんな重い意味はない。ただ、それらの日記を読み返してみると、ネガティブでおセンチで、これが自分なのか、というくらいに恥ずかしい内容で、「これを手元に残す意味はあるのか。誰かに読まれたら死ぬほど恥ずかしい」と、一旦焼却することにしたのだった。そう、その焼き芋大会は、友達同士でそういったものを焼こう！という会でもあったのだ。いかにも浅はかな青春の一ページ。一旦もなにも焼却したものは復元しないわけで、私の青春の日々の想いはさつま芋を焼く炎の煙となって昇天したのだった。

『枕草子』や『蜻蛉日記』然り、世には日記文学という、人に読まれることを意識して書かれた日記がある。メイ・サートンの**『70歳の日記』**（みすず書房）もそのひとつだ。サートンはベルギー生まれ。四歳のとき戦火を逃れ家族でアメリカに亡命し、のちに作家、詩人、エッセイストとなり、五十八歳のときに書いた『独り居の日記』から『82歳の日記』まで計八冊の日記作品を発表している。人に読まれることを意識した日記は、誰にも読まれたくない日記とは違って、正々堂々としている。自分と向き合い、正直に書く覚悟は、読者にも伝わる。サートンは孤独を愛した。だからこそ、友人とのかけがえのない時間や仕事に真摯《しんし》に向き合えるのだ。

それにしても七十歳の彼女の日常は、驚くほど忙しい。庭を手入れし、手紙を書き、友人をランチに招き、朗読会に出向き、原稿を執筆する。人間関係の煩わしさから逃れるためにメイン州の海が見える土地に独りで暮らしているのにこの忙しさだ。そんな彼女にとって、独りの時間は自分を取り戻すための大切な時間。そして自分と向き合って内向的に掘り下げる日記という作業は、自分自身を救う行為以外のなにものでもないのだった。

『人生という作文』（下重暁子、ＰＨＰ新書）は、「書く」ことの指南書といえる一冊だが、まさにサートンが自身で分析しているとおり、嘘のない自分に向き合って書くことが、どれだけ新しい自分を発見することになるか、そしてどれだけ救いになるか記されている。それは孤独なことであり恥をかくことでもある。けれどそれらを乗り越え自分を肯定することができれば、自分の人生を大きな気持ちで受け止めることができるのだろう。

孤独と恥を受け止められなかった青春時代の私。あんなこともこんなことも焼き芋の美味しさで帳消しにして喜んでいた浅はかな青春時代の私。熟女となった今、孤独も恥もどんとこいだ。来年は日記でもつけるか。

（二〇一六・一二）

「ひとり」の味

十九歳でひとり暮らしをはじめ、二十五歳で猫を飼いはじめて以来、ずっと家には猫がいる。これって厳密にはひとり暮らしとはいえないかもしれない。生きものが家にいるだけで温もりがある。ただ、かれらは一緒にレストランでゴハンを食べたり、一緒にテレビをみてああだこうだと意見を交わしたりはしてくれない。

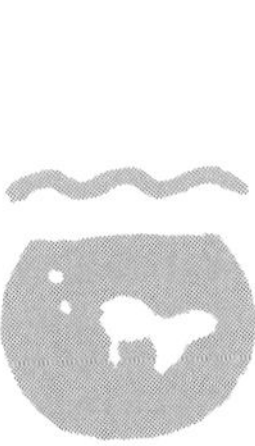

『ひとり上手』（岸本葉子、だいわ文庫）というタイトルにドキッとする。なぜなら、その昔中島みゆきさんの歌に「ひとり上手」というのがあったから。終わった恋をまだ吹っ切ることができず、別れた恋人を想う切ない歌だ。だから、「ひとり上手」というと、ひとりで元気に暮らしているように見えても実は「ひとりが好きなわけじゃないのよ〜♪」という、女性の複雑な心情を連想してしまう。

しかし、ひとり暮らし歴三十年超の岸本さんは「ひとりが好き」だ。かくいう私もひとりの気ままな暮らしはとても気に入っている。ひとりの寂しさや不安は、生きていればだれもが感じること。たとえ家族と暮らしてもそうだろう。家族との暮らしはルールを守り、お互いを思いやり、協力していかなければならない。それを放棄して自分勝手に暮らすひとり暮らしは、確かにお気楽だ。しかし一方で、ひとたび外にでれば、ひとりだとなんだか気後れするシーンも多い。レストランやテーマパーク、ライブなどはひとりだとなんとなく行きづらい。でも、岸本さんは「ひとりは恥ずかしいという自分の決めつけから脱することができずにいる限り、不自由さはつきまとう」と背中を押す。そう、案外、他人は人のことを気にしてなんていない。凛とした佇まいと、困ったときは素直に助けてもらう勇気。それがあればひとりはもっと自由だ。そうだそうだといちいち納得の私は、〝ひとり偏差値〟がかなり高いかもしれない。ただ、ひとりならではのご近所とのかかわりかたや、災害や病気などの緊急事態への準備や心構えは、さすが岸本先輩、ぜひ参考にしたいと思った。

好き好んでひとりをやっているのとは違って、伴侶を亡くしてひとりになる場合もある。『ふたりからひとり』（つばた英子・つばたしゅういち、自然食通信社）は長年連れ添った夫を亡くし、その面影をずっと愛おしみながらも、ひとりの時間をていねいに過ごす妻・英子さんの暮らしが綴られている。

昭和三年生まれの英子さんは、仕事をしてお金を稼ぐなんて自分には無理、だから食べさせてもらおう、と思い結婚する。造り酒屋で生まれ「ご新造として夫を第一に考えて大切にする」のがあたりまえと教えられ、ずっとそうしてきたが、八十七歳で夫を亡くすと、初めてひとりになる。でも寂しい気持ちはなく、「なんか味気ない」。そう、確かにひとりは味気ない。それを味気のあるものにするために、私たちは猫と暮らしたり、人と暮らしたり、働いたり遊んだりするんだな。そしてその味気は、自分で加減するものだ、とふたつの本からあらためて教えられるのだった。

それにしても世の中女性を励ます「ひとり」本ばかり。男性の「ひとり」は大丈夫？

（二〇一七・〇七）

コミックで潤う

このふた月、舞台公演というものにかかわっておりました。頭と肉体と精神をフル稼働させ、演出家のイメージする、自分とは異なる人物の中へ入っていくのは、軽く、いや、十分にオカルト的な作業で、さらに体調を壊さないよう神経を尖らせ過ごす日常は、知的好奇心を満たす読書というものから遠く離れたところにありました。しかし、そんな張りつめた毎日を送っていたら、誰でも心が擦り

切れてくるもの。そして、そんなときに心潤してくれるのも、やはり読書なのでした。ただし、それらはコミックのみなさんに限ります。

『沢村さん家の久しぶりの旅行』（益田ミリ、文藝春秋）は、七十歳の父と六十九歳の母、そして四十歳独身の娘の三人家族の日常を描いたもの。父は会社を定年退職して悠々自適な毎日を送っている。母は専業主婦で料理上手、いかにもおかあさんらしい穏やかな人物。でも、どこか娘らしいところが微笑ましい。娘は会社勤め十八年目のベテランOLで、一人暮らしの経験もなく、友人たちとおしゃべりするのが大好き。

この三人家族は、穏やかで仲良しだ。旅先で喧嘩になりそうなことは言わない。父が風邪をひいたとき食べたいのは妻の玉子粥より自分の母親の玉子粥だけれど、そこは「雑炊が食べたい」という。「今だからいうけど」という妻の口癖爆弾を回避するために夫は言葉をのみ込む。こんな気づかいは窮屈ではなく些細な事。家族でも言葉にすることと思っていることが違うのはよくあることで、それはよそよそしさではなく、お互いひとりの人間として尊重し合う成熟した家族関係のありかただ。

自分史をまとめたいと思っている父、つい昔のことや残りの人生を考えてしまう母、恋をしたいけれど、そんなに毎日に不満のない娘。仲良し家族にもそれぞれの人生がある。バスで席を譲られた母はちょっとショックで、でも「人生はどの時代も平等なのだ」なんて哲学的なことを思ったりする。人生を、毎日を平和に幸せに過ごすための、ぼんやり、のんびり、しみじみは必要だ、ということにも気づかせてくれる一冊。

沢村さん家の娘さんと同じく『デザイナー 渋井直人の休日』（渋谷直角、宝島社）の主人公も独身。五十代のおしゃれデザイナーだ。いわゆるザ・業界的なギラギラしたおしゃれでなく、ちょっとサブカル的な「それ知ってるのっておしゃれ」と言われそうなところを攻めているおしゃれさん渋井直人。彼はおしゃれな部屋に住み、犬を飼い、さりげないおしゃれブランドの服を着て、しゃれたレコードを集め、たまにカフェでＤＪをやったりもする。そんな生活を一生懸命やっているのが微笑ましい。彼の一番嫌なことは「ダサい」こと。嫌というか、恐ろしいことか。だから自分がダサい状況に陥ったときの絶望の仕方が半端なく、読む側はたまらなく可笑しい。笑えるということは、共感しているということで、私の中にも渋井直人的なガンバリがあるかも、なんて思ったり。

今回選んだ二冊には「旅」と「休日」の文字が。私の無意識の欲望が反映されていたのか？

（二〇一七・一二）

愉しいミニマムライフ

西麻布の交差点にあった見慣れたお店がいつのまにかなくなって、カプセルホテルになっていた。カプセルホテルというと、経費節約の出張サラリーマンや終電を逃した酔っ払いが利用するものかと思っていたけれど、最近のカプセルホテルは飛行機のファーストクラスやビジネスクラスをイメージした清潔で機能的な設《しつら》えのものもあるらしく、これまでの蜂の巣のようなイメージとは大違いのよう

だ。パソコンも利用できるから、仕事を片付けるための数時間の利用もありらしい。

閉所が苦手な人もいるけれど、狭いところが妙に落ち着くという人は多い。私も子どものころ、お仕置きで押し入れに入れられるのは嫌だったけど、自分からすすんで入るのは好きだった。二段ベッドも憧れだったし、寝台車も嬉しかった。近所の友達と集まって、傘を組み合わせてドームをつくり、その中で遊ぶのも愉しかったなあ。

『スモールハウス』（高村友也、ちくま文庫）には、そんな小さな空間で暮らす人たちの実例がいくつか紹介されている。建坪は三坪ほど。二階建てで、一階はリビングや書斎、キッチン、バスルームを詰め込んだミニマムな設計、二階部分が寝室。電気を引いている人もいれば、ソーラーで自家発電している人もいるし、電気を使わない人も。水は井戸水や雨水を上手に利用。プロパンガスを置いて冷蔵庫や料理に使用する人もいる。スペースが小さいので、必然的に物は本当に必要な最小限のもの。逆に本当に好きな物を選ぶことができる。紹介されている家の写真は、どれも内装や家具の趣味が良くて、こんな小屋に住んでみたいと思わせるものばかりだ。しかし、実際この三坪ほどの家で暮らせるのは、よっぽどの達人、あるいは、尊敬と羨望の意味を込めて〝変人〟といっていいかもしれない。

とにかくややこしい世界から抜けて、自分に向き合う、暮らしに向き合う。その〝哲学〟は経済至上主義、環境問題を必然的に問う。経済発展こそ世界を豊かにすると信じて、現代人はモノを買い、家を買うために一生働くような生活になってしまったと著者は分析し、そこから抜けて小さな暮らしをすることは、経済の犠牲にならず、豊かな時間をもてること、さらに無駄な環境破壊をしなくて済むと。ああ、素敵だなあそんな暮らし。でも、重い水を運んだり、コンポストのトイレの管理をしたり、できないよなあと、勇気と知恵と実行力と体力のある彼らの暮らしを眩しく思うばかりだ。

一方、都会的な暮らしの中でスタイリッシュに孤独を推奨しつづけるのが下重暁子さん。『極上の孤独』（幻冬舎新書）は、社会とかかわりながらも自分という個人を深め、ひとりを愉しむ下重さんのいわば「孤独のススメ」。「孤独」というと寂しいイメージだが、ひとりを愉しめたら、人生こんなに素敵ですよ、という激励が詰まっている。

「孤独」のライフスタイルもいろいろ。自分ひとりですべてを決めて引き受ける、覚悟と強さが孤独には必要だけれど、たまには「えーん、寂しいよー」と弱音を吐いてもいいんだよ。おーよしよし。

（二〇一八・〇五）

幸福の食卓

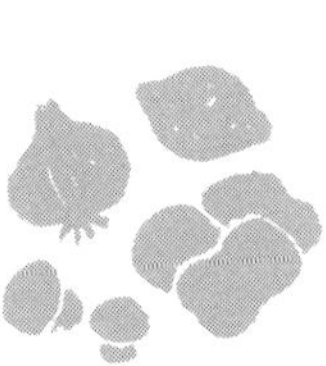

秋は美味しいものとゲイジツを最も楽しめる季節。栗や柿が色づき、秋刀魚や鮭など魚にも脂が乗ってくるころだ。美術館や演劇、コンサートなども充実したラインアップに。そんな世の中の皆さんの期待を勝手に背負って、この秋は舞台に立ちます。

食欲の秋とはいえ、舞台の稽古に入ると、私の食生活は、ほぼ、炭水化物とたんぱく質のみになる。つまりは米と肉。ぎゅっと握って携帯するおにぎりは、いつでも食べられるという安心感と、なによりお腹に入ってからの優しさ、湧き出る元気を実感できる。そして、疲れた体は肉を喜ぶ。いつもの食生活と明らかに違うが、こんな気ままな食生活を送れるのも、独り身ゆえの贅沢か侘しさか。

『切なくそして幸せな、タピオカの夢』（吉本ばなな、幻冬舎）は、そんな食生活のいろいろな場面を通してつながる、人との記憶や景色、想い、そして祈りが込められた優しい一冊だ。

吉本ばななさんが小さかったころ、病気だった母の代わりに家族の食事を作るのは父。その献立はなかなかユニークで、ほうれん草だったら、おひたし、ほうれん草と肉のバター炒め、ほうれん草のお味噌汁、ほうれん草の卵とじ、またあるときはバターロールにバターとチーズとハムを挟んだホットサンド、バターをのりで巻いただけのバターのり巻き、インスタント塩ラーメンににんじんとバターが入ったもの、びっくりするほどバターの入ったオムレツ、など、「づくし」

メニューが多かった。味付けはどれもこってりと脂っぽく、味噌汁は飲むのがつらいくらい濃かった。そんな強烈な料理の記憶は、おかしみと共に、家族の食卓の幸福な時間を蘇《よみがえ》らせる。子どもが生まれ、ばななさんは初めて孤独を感じない毎日を過ごす。自分だけを愛してくれる絶対的な存在の赤ちゃん。母乳を卒業すると、赤ちゃんはいろんなものを食べて飲んでどんどん大きくなる。そしてどんどん自分の人生を歩んでいく。その時々の景色や思い出は、ばななさんにとってまた新しい家族の食事の風景として重なっていく。そしてそれはご飯を作って待っていてくれた父への思いにつながる。いつもの食卓を囲む家族。家族ではないけれど、大切に思う人たち。ばななさんの祈りは、そんな人たちと食事するかけがえのない幸福に気づかせてくれる。

『佐藤ジュンコのおなか福福日記』（ミシマ社）は、ミシマ社のウェブマガジンに連載していた漫画。仙台在住のイラストレーターの佐藤ジュンコさんの、日々の楽しい食事のあれやこれやが満載だ。「ひとり飯」より「みんな飯」が圧倒的に多く、行く先々で温かいもてなしを受けるのは、お人柄なのだろう。ビールと餃子の組み合わせの至福は、お酒の飲めない私には、永遠に知り得ない世界だけれど、本全体から醸し出されるお腹も心も満たされる幸福感を、こちらもおすそ分けいただきました。ごちそうさまでした。

この二冊を読んだ後の、ストイックな私の食生活のなんと味気ないことよ。秋を満喫できる余裕が、早くできますように。

（二〇一八・一〇）

休日の冒険

朝、カーテンを開けたら雲ひとつない見事な快晴！　この瞬間、今日の私の計画は決まった。掃除洗濯朝ごはんをぱぱぱっと済ませ、電車に飛び乗った。目指すは高尾山。最寄りの駅から特急で五十分もかからない。いざ到着してみると、紅葉のシーズンも相まってか、リフトもケーブルカー乗り場も凄い列。乗れるまで五十分!?　私の計画に上りを歩く予定はまったくなかったので、蕎麦でも食

べて帰るか、と一瞬思ったけれど、待てよ、せっかく来たのだから森林浴だけでも、登れるところまで登って下りてこよう、と登山口から「ルート1」を歩き始めた。

こんな思いつきの休日は最高に楽しい。自由で、冒険的で、ロマンがあって。今回の二冊を読んだら、無性にこんな休日を過ごしたくなったのだった。

『カモメの日の読書』（東京四季出版）は、俳人小津夜景が漢詩の数々を散文詩に訳し、その漢詩の世界につながるエッセーを横書きに綴ったもの。横書きの体裁は親しみやすいが、中身はなかなかである。散文詩となって初めて知る美しく雄大な漢詩の世界。著者の漢詩に対する知識や思いは圧倒的で、その哲学的な文章は漢詩に疎い私をしばしばおいてけぼりにする。漢詩をこんなふうに愛でる人がいることに衝撃だ。

衝撃はそれだけではない。著者は、誰に師事するでもなく二〇一三年になんとなく俳句を始め、その三年後には句集も出し、二つもの俳句賞を受賞。漢詩を

「ながめているといくらでも俳句が湧き出す」ヒラメキを持ち、武術、前衛音楽、水墨画、香水に通じ、夫とフランスの港町ル・アーヴルに住んでいるのだ（そして美人）。それで漢詩だもの。謎の超人だ。フランスの浜辺を散歩しながら、漢詩や俳句、その他もろもろを考える生活。昔の文人は教養として漢詩を嗜《たしな》むのが当たり前だったそうだが、漢詩が肝にあるだけで、時と場所を超えて世界が広がるんだなあと、漢詩の奥深さを思い知る一冊。

一方こちらはベルリンの生活。『針と糸』（毎日文庫）はベルリンに移り住んだ小川糸さんの生活が、新鮮な眼差しで丁寧に綴られるエッセー。毎日語学学校に通い、ドイツ的な生活に親しんでいく中で、ドイツ人の物質に頼らない幸せのあり方に共感する。亡くなった母親への思いを綴った章では、難しかった親子関係をゆっくりと静かにかみしめ、心の奥底にあった親への愛、見過ごしていた親からの愛に気づき、そこから果てしない命のつながりに感謝する気持ちを強くする。そんな気づきもベルリンの暮らしがもたらしたゆとり。

ル・アーヴルの小津さんもベルリンの小川さんも、その文章の向こうに心地よい暮らしの風が吹いている。自分の足元を見て、自分のペースで日々を謳歌する。このところ私が忘れていたこと。短絡的だが、そこからの私の高尾山の休日なのだ。

呆れるほど休み休みしながら、登り続けること四十分、気がつけばそこはリフト乗り場。あと少し登れば展望台だが、私は迷わず下りのリフトに乗った。ここまで登った私にもはや歩いて下山するという選択肢はない（死ぬ）。下りのリフトは延々と素晴らしい眺望だ。ひとりだけの動く展望台。最高！

（二〇一八・一二）

春は自転車に乗って

三月は卒業や引っ越しなど、新年度に向けての準備の季節。そして私が新年度、新たに挑戦しようと考えているのは、自転車だ。昭和の子どもである私はもちろん自転車には乗れるが、いつの間にか自転車よりも自動車に乗ることが多くなり、二十代の半ば以降、めっきり自転車には縁がなくなった。今は健康のために歩くようにはしているが、徒歩だと力尽きる距離も、自転車だとほぼ自力で移

動可能なのも魅力的だ。

私の気持ちを久しぶりに自転車にむけさせたのは『フィンランドの幸せメソッド SISU《シス》』（カトヤ・パンツァル、方丈社）。フィンランド生まれカナダ育ちの著者は、カナダのマスコミ業界で働いていた二十代、心身共に困憊し、うつ病と診断される。そこで、かねて北欧の男女平等の精神に興味もあって、自分のルーツであるフィンランドで働くことを決心、移住。そこでの暮らしで、フィンランド人を満たしている幸福感が、それまで過ごしてきた北米の人々とは異なることに気づき、その幸福感はどこから来るのか研究を始める。

彼女が注目したのは、フィンランド人特有の精神力「シス」。フィンランドが世界幸福度ランキングで常に上位（二〇一八年は一位）である背景には、その「シス」が関係していると指摘する。「シス」とは「決してあきらめず、安易な道に逃げない強い心」「困難に立ち向かう勇敢さ、忍耐」「不可能を可能にする、氷のように冷たい決意」等々、つまり「折れない心」。そんな特別な精神力は古代から受け継がれ、フィンランドが、大飢饉や大戦による貧困、社会制度が確立される前の困難な状況から現在の輝かしい姿へと変わっていった底力でもあったそう。

そんな精神力がなぜフィンランド人に備わっているのか。ルーツは寒さの厳しい北欧ならではの実用性、意志の強さだと著者は考えるが、それは日々の暮らしの中で筋肉のように鍛えられるという。家の掃除をする、落ち葉を掃く、森で過ごす、天候にかかわらず一年中自転車で通勤する、氷の海に浸《つ》かる、サウナで自分と向き合う、中古品を使う、自分で直す。絶対無理だと思っていたアイススイミングや雪の日の自転車通勤を始めてみて、フィンランド人の幸福感は、経済的なことより、自分自身でやり抜くことで満たされるのだと、著者は実感する。ひとりひとりが自分でやり抜くことで得られる幸福感の塊が、フィンランドという国を幸福度の高い国にしていたのだった。シスを鍛えるために特に著者が勧めるのがアイススイミングと自転車。アイス云々はできる気がしないので、ならば自転車で、と私も幸福度の高い生活を目指すのである。

もうひとつ、「シス」が鍛えられると勧めているのが読書。『図書館さんぽ』（図書館さんぽ研究会、駒草出版）は、日本のさまざまな図書館を紹介するガイドブックだ。フィンランドにも負けない美しくてユニークな図書館が、日本にもこんなにあったという感動。図書館を目当てに旅をするのもいい。電車を乗り継いで（自転車でも！）お目当ての図書館に辿り着くことも、立派な「シス」の賜物だ。

（二〇一九・〇三）

自分の目線で

俳句に興味はあるけれど、いろいろ難しそうで、まだ早い、もう少し言葉や俳句のルールを知ってから、と友人が言った。そこで私は思いがけずものすごくいいことを言った。

「それは子どもが生まれてくる前から、自分はちゃんとしたお母さんになれるか心配、とか言ってるのと同じ！　生んだ時点でもうお母さんだし、育てながらい

ろいろ学んでいくものだ。俳句もそう。とりあえず生む！　下手でも恥をかいても、やっているうちに自称・俳人となっていくのだ」と。

これは他にも当てはまることがたくさんありそう。ちゃんとした先輩や上司になれるか。ちゃんとした老人になれるか。そもそも私たちは大人になることも不安だったけれど、ちゃんとしているかどうかは別として一応は大人になった。

『私は私のままで生きることにした』（キム・スヒョン、ワニブックス）は韓国でベストセラーとなり、累計六十万部を売り上げた。個人よりも集団の調和を重んじるとされる韓国の社会に生きづらさを感じている若者へ向けてのメッセージだが、この本が日本でも話題になったのは、韓国と同じようにストレスを感じる人が日本にも大勢いるからだろう。そのストレスは突き詰めればほぼすべてといっていいくらい、人にどう見られるか、ということのようだ。社会的地位、経済的安定、周囲から認められること、「勤勉と誠実」。そんな、社会が掲げる美徳や考え方こそ真理であると思い込んで育ち、感情を抑えた労働、非人間的な競争の中で感情はどんどん干からびる。そんな息苦しい人たちへの言葉は、甘ったるい慰めではない。冷静で、論理的で、挑発的ともとれる。

あなたが一番尊重しなければならないのは常にあなた自身。そのことを延々説きながら、だが人生の意味は、個人の枠を超えて社会という公共の領域で自分の価値を実現すること、とまとめる。んー。それが難しいんだよなあ、と思いながら、それにしてもちゃんとしてるとかしてないとか、誰から目線の話だ?ということを考えた。それは常に自分が決めること。つまり、自称でいいのだ。

そんなふうに、自分の目線で、自分の価値観で日常生活の中のさまざまな気持ちの良いことを見つめた**『たのしい暮しの断片《かけら》』**（金井美恵子／文、金井久美子／絵、平凡社）。ていねいな暮らし、あるべき暮らし方、といった現実の日常生活を美化した女性誌にうんざりする、という金井さんの暮らしの断片には、映画や小説のワンシーンがちりばめられ、日常的な長靴や靴下、カトラリーなどにも金井さんの特別なストーリーが重なる。たくさん挿入されている姉の久美子さんの絵やコラージュなどの作品は、華やかで元気が発散されていて、見ているだけで楽しい。「人生の中庭にある、ささやかな幸福を見つけて、そこから生きる喜びを見つけよう」と、先のキム・スヒョンさんが若者に呼びかけるように、この先輩姉妹は、それをもうとっくに、自然に実践されていた。

対照的な二冊ではあったけれど、どこか遠くで繋がっているようにも思えたのでした。

（二〇一九・〇六）

癒やされる必要

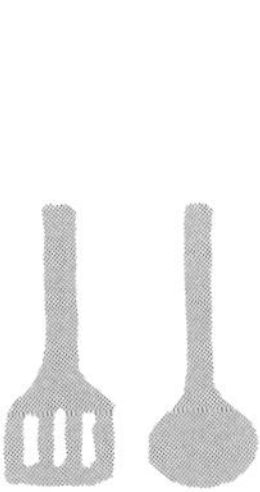

子どもたちが学校に行けない間の、家庭でのご飯作りは本当に大変らしい。そんなご家庭にエールを送りつつ、一方で、不謹慎だが、ひとり者の食事情は、家族ものと比較にならぬほどお気楽と言い捨てることができるだろう。とくに酒飲みでもなければ、外で飲めないストレスもない。外食ができないのはつまらないけれど、好きな時間に好きな物を食べ、早く寝る、という生活リズムも悪くはな

い。スーパーでの買い物の回数を減らしているが、じゃあ、今あるもので何にする?というちょっとした実験的な食べ物を創作するチャンスでもある。みょうちきりんなものができ上がっても、文句をいうひとはいない。

『うおつか流食べつくす!』（魚柄仁之助、農文協）は、そんな実験ごころが刺激される一冊。食文化史研究家の著者の経験と科学的な知識によって、いろいろな調理法や食べ方が紹介され、「それ、いいの?」とその素朴で大胆な調理法に嬉しくなる。ひと月できゅうり百本をどう食べるか、という挑戦に始まり、古漬けを再生させる、大豆でマヨネーズを、タイ米でどぶろく（甘酒も）を作る、塩漬けした鶏肉を冷蔵庫で熟成させ、格段に美味しくさせる、などまさに、調理実習的なワクワクが満載だ。

さらに「保温調理」という面白そうな調理法も。沸騰後、数分加熱し味を調えたら、火からおろしてバスタオルでも毛布でもドテラでもいいから鍋をくるんで保温する。放っておけば味の染みた美味しい料理ができ上がっている。素材の味や栄養も損なわないし、簡単で経済的、といいことばかりらしい。

しかしあくまでも著者は、そんなあれこれを「技術」として知ってほしいという。二十一世紀は身近な食材を美味しく食べて満足を得る調理法、食べ尽くすための知恵と技術、つまり持続可能な食生活が求められている、と。著者の紹介する調理法の数々は、結局、昔の日本人がやっていたこと。塩を振って保存する、魚や鶏をさばく。それらの技術がこれからの我々に必要なのだ！と声高にいうでもなく、人生は一度だし、いろんなことができる自分って、いいんじゃない？と軽やかに提案しているところも、逆に、やってみたい！と思わせるツボだ。

もう一冊は、韓国の済州島《チェジュ》のゲストハウスに暮らす猫と自称「父親」の日々を綴ったフォトエッセー**『しあわせはノラネコが連れてくる』**（イ・シナ、文藝春秋）。

生き辛さを抱えながら大学を卒業し、就職せずにふらりと訪れた済州島。そこで出会ったノラネコとひょんなことから同居することになった著者。これまでなにもかも途中で投げだしてきたけれど、大切な「家族」となった猫のおかげで、小さなゲストハウスを始めるまでになった。

愛情を注ぐ相手がそこにいる幸せ。それはなによりも困難を乗り越え、生きていくための力になる。どこか「猫村さん」に似ている真っ白でふくよかな猫と著者との穏やかな日常に、ページをめくるこちらのこころも幸せが満ちてゆくようだ。

調理を面白がる。天使のような猫にこころ癒やされる。そんな時間も今、私たちに必要だ。

（二〇二〇・〇六）

食と旅の妄想

七月上旬現在（二〇二〇年当時）、新型コロナウイルスの東京の感染者がまたまた三桁になった。世の中の経済活動が一瞬活発になりかけたとき、出かけそびれた私は、いまだに友人らとゆっくり外出できていない。いくら家で過ごすのが好きとはいえ、自炊の続く毎日にもそろそろ変化が欲しいものだ。家ではなかなか食べられない、とんかつとか、インド料理とか、中華料理とか、なにかパンチの利

いたものが食べたいなあ。それもお店で。人間の業の悲しさか、「目新しいものが食べたい！　どっか行きたい！」という欲はどこからともなく湧いてくる。

幸とでるか悲とでるか、ここは「食」と「旅」についての本を、とまず北大路魯山人著『**魯山人の和食力**』（興陽館）を。全然和食じゃん！　しかし、魯山人である。普段私が地味に作っているゴハンとは次元の違う和食の世界を開陳してくれるに違いない。

実のところ、私は魯山人さんの面構えとその伝説があまりに怖すぎて、魯山人さん方面にはあまり近づかないよう生きてきた。偶然出くわした展覧会で焼き物を拝見することはあっても、その魯山人然とした作品の迫力に「さすがです」と感心するばかり。私の中で、魯山人と千利休は同じ国に住む人なのだ。その魯山人さんがイチオシなのは、意外にも「お茶漬け」。しかしそこはやはりロサンジン。鮪《まぐろ》、鱧《はも》、穴子、鰻、車海老、ごり、といった、なにもお茶漬けにしなくても、というような食材にまんまと茶をかけてしまう。米の炊き加減、お茶の淹れ方や注ぎ方、飯と魚の配分にも、細かく指導がはいる。日ごろまったくお茶漬けを食べない私は、このお茶漬けに対する執念に「さすがです」と感心するばかりだ。

他にも鍋料理や鰻、鮎、河豚《ふぐ》、寿司などについての持論を述べるわけだが、共通する思いは、どの料理も「まず材料」ということである。その材料の持ち味を殺さないで最大限生かすこと。自然の味は科学や人為ではどうにもならない貴重なもの。その持ち味を生かしきるための器にも、ゆえに徹底的にこだわるのだ。想像のつかない高尚な料理でなく、親しみやすいものが編集されているおかげで、魯山人に対する印象がすこし和らいだ。さらに家庭料理に対する思い、経済主義への苦言、料理人としての謙虚な気持ちなど、私の抱いていた強烈な魯山人のイメージとはまた別の側面も。しかし「三度三度自己満足できない食事では、ますますことができない」「美食の一生を望んでいる」といったところをみると、やはり、厄介な巨人である。

あろうことか同じ名字の、北大路公子著『いやよいやよも旅のうち』（集英社文庫）は、旅に全然出たくない公子さんが、普段絶対しない嫌なことを旅で体験する、というなんとも今のご時世には贅沢な旅行記だ。富士急ハイランドで絶叫し、盛岡でわんこ蕎麦を食べ、伊勢神宮をお参りし、金刀比羅《こんぴら》さんの階段をのぼり、美《ちゅ》ら海でシュノーケルをする。自虐的なエッセーにワハハと笑いながら読み進むも、そのどれもが、今となっては夢のような自由さで、どこか切なくなる。

結局、食も旅も妄想は膨らむばかりだ。

（二〇二〇・〇八）

ピアノが弾きたい！

全国的にマスクをすることが奨励されて、口紅の売り上げが著しく落ちたそうだが、人に見られていないとなると、人間はやはり自然と気を抜く生きものらしい。私もこのところ、人に会う機会がほとんどないので、二、三着の服で日常を送っている。下手すると風呂上がりなどはいつまでも原始人のような状態でいることも。外出を控えろというのなら、家の中くらい自由でいいでしょう。

そんなわがまま生活に、最近はピアノが加わった。これまでピアノを弾くのは、いろいろな理由をつけてずっと「憧れ」にしていたのだが、このまま老婆になったら残りの人生、悔いが残る、と今年の誕生日を迎えて一念発起、近所のピアノ教室に通うことになった。楽しい。しかし、楽譜も読めず指の関節も硬くなっている私の可能性は幾何《いくばく》か。

そして発見した『ヤクザときどきピアノ』（鈴木智彦、CCCメディアハウス）。暴力団関連の潜入ルポで知られる五十二歳の著者が、譜面の読み方も知らないところからピアノの発表会で演奏するまでを綴った奮闘記だ。

五年もの歳月を費やしたノンフィクションの大作がようやく校了し、すべての抑圧から解放された「ライターズハイ」（こんな言葉があるんですね）の状態で観たミュージカル映画。その挿入歌、ABBAの「ダンシング・クイーン」に雷のように全身を貫かれ、涙腺崩壊。「この曲をピアノで弾きたい」という思いが爆発。そこからピアノ教室を探し、運命的ともいえる先生と出会い、「ダンシング・クイーン」を弾くためだけに練習を重ねる。

　とはいうものの、やはりある程度の基礎は必要で、「よろこびのうた」「かっこう」「ジングルベル」「ほたるこい」なども地道にこなしていく。ハードボイルド調の文体に、ピアノ習得への純情というギャップが愛らしい。なにより、音楽と共に生きる喜びが本全体から溢れている。競うためでなく、人生を豊かにするための音楽への思いに大いに共感した。また、巻末のQRコードで著者の発表会の演奏が観られるのも楽しいオマケだ。

　一方、基本的に競うために音楽を学ぶ音大生の生態に迫ったのが**『愛すべき音大生の生態』**（辛酸なめ子、PHP研究所）だ。もともと才能のある人が集まる音大だが、取材から見えてくるのは、時間的にも体力的にも財力的にも過酷な現実だ。テクニックはもとより、さらなる表現力を磨くため勉強や練習に余念がない。経済的に余裕のない学生は、一日八時間から十二時間の練習や勉強に加え、バイトも必要に。もっとも本書によるとバイトをしている音大生は少ないとのリポートも。

それにしても、音楽本気の人たちの練習量の半端なさよ。そもそも練習を長時間続けられるという、若さ、体力、それらを備えていることも才能の内だ。学部別の学生の特徴や、ユニークな学祭、立派な校舎、おしゃれな食堂、恋愛事情まで、音大生の生態にグイッと食い込んだ取材は興味深い。そして、ピアノの練習に集中すると服が邪魔でどんどん脱ぐ、家では裸、という学生さんの話を読んで、妙に親近感。

いずれにせよ、音楽のある人生の豊かさに祝福を！

（二〇二〇・〇九）

ふれあえる幸福

猛暑の続いた八月は、三週間ほど長野県でドラマの撮影をしていた。毎日の検温、手指消毒、マスク装着、差し入れは個別包装の物のみ、などこちらの世界も新しい体制になっている。俳優たちも、本番以外はフェースシールドやマスクをする。今回のロケも、基本的に日常の食事は朝昼晩お弁当、外食禁止、飲み会禁止、という徹底した体制だった。こんな暮らしが一生続くわけではない、と辛

抱できたが、ビジネスホテルの小部屋で、ひとりお弁当を食べる夜の一抹の虚しさ。とはいえ、部屋でセリフを覚えるための時間も必要だったのだが。おかげで、日中顔を合わすスタッフや共演者たちとのコミュニケーションが、とても貴重で幸福なことだと気づくのだった。

もちろん、自由闊達《かったつ》にコミュニケーションをとる方法は、何も直に顔を合わせることだけではない。『**人生論　あなたは酢ダコが好きか嫌いか**』（佐藤愛子・小島慶子、小学館）は、往復書簡というかたちの親密なやりとりが織りなす人生論。

年の差五十歳という二人が交わす書簡は、夫婦のこと、世の中のこと、人生のこと。とりわけ興味深いのは、小島さんがぶちまける夫への憤懣やるかたない思いと、それに返信する佐藤さんのやりとりだ。以前、家族のことについて綴った著書が原因で一部の親族と絶縁状態になったと告白する小島さんだが、それでもなお果敢な筆致で、夫に対する怒りや不信を赤裸々に綴り、疑問や救いを佐藤さんへぶつける。ひりひりするような正直な小島さんの心情の吐露を、ご自身もかって夫の借金返済で苦労した経験のある佐藤さんはさすがの貫禄で受け止め、時に諭す。自身を「仏様の掌で遊ぶ猿のよう」と小島さんがあとがきに書かれているように、五十年先を生きてきた佐藤さんは、深刻な小島さんの心の叫びを、誠実に、痛快に、一掃する。

佐藤さん曰く「理論好き」の小島さんと、「理論を踏んづけて情念に生きる」佐藤さん。そんな二人のやりとりは、人生のモヤモヤ期にいる者たち（特に女性）に心強い何かを与えてくれそう。

そして言葉を必要としないコミュニケーションの神髄は、動物たちとのそれである。**『ぼくは犬や』**（ブロンズ新社）は、私の好きな絵本作家ペク・ヒナの最新刊。

主人公の犬グスリはスーパーで生まれ、ドンドン（人間）の家で暮らしている。一見たわいのない犬の日常だが、それを豊かで見ごたえのあるものに仕上げているのは、やはり著者の、執拗なまでに細部を描きこんだリアルな粘土細工の犬と人物、背景の力強さだ。特に、犬の表情の豊かさは、犬好きな人、一緒に暮らしたことのある人にとってはたまらない。犬のテンションがマックスなときのあの開ききった瞳孔、しょんぼりしているときの背中の丸み。ほんのりピンク色のお腹。ドンドンと一緒に毛布にくるまって眠る犬の寝息まで聞こえてきそう。本作は『あめだま』の主人公の少年と犬の、昔の物語にもなっていて、本作に登場する家族らが皆少し若くて、その辺も心憎い。

時間ができたら、久しぶりに誰かとゆっくりお茶でもしたいなー、と思う今日このごろです。

（二〇二〇・一〇）

V それからの日々

歳からピアノをはじめなさい
データでわかる 脳を活性化する
佐野洋子
エッセイコレクション
とどのつまり人は
三流のすすめ
胃が合うふたり
100万回死んだねこ
覚え違いタイトル集
わたしの好きな
柴田剛
地獄の田舎暮らし
吉本ばなな
神さまの貨物
ジャン=クロード・グランベール
河野万里子・訳

愛と奇跡を信じたい

昨年末に映画『ドクトル・ジバゴ』を初めて観た。舞台は十九世紀末から第二次世界大戦後のロシア。なのにみんな英語で喋ったりして（米伊合作）、違和感はあったけれど、まあ五十年以上前の映画だし、そんなシュールさは許そう。戦争が絡む波瀾万丈の恋愛大河ドラマなわけだが、その悲恋はともかく、いちばん驚いたのは、冬のロシアの厳しさだ。しんしんと積もる雪の中を軍隊やデモ隊が行き交い、ふきさらしの馬車がタクシーだ。外から帰宅した男性の髭《ひげ》やら眉毛には派手な氷柱が。おまけに人が住まない屋敷の中はどこもかしこも氷でキンキンに覆われている。まさに子供のころアニメで観た「雪の女王」の宮殿。寒冷蕁《じん》麻《ま》疹《しん》持ちの私がこの世界にいたら、顔中赤く腫れあがってさぞかし悲惨なことになっていただろう。

本のページなのに映画の、それもストーリーとまったく関係ない話を延々書いてしまったが、戦禍の厳しい冬を映像で目の当たりにしたからこそ、想像力が膨らんだのが**『神さまの貨物』**（ジャン＝クロード・グランベール、ポプラ社）。

むかしむかし、大きな森に、貧しい木こりの夫婦が住んでいた、とおとぎ話のようにはじまる物語は、実は第二次世界大戦中が舞台だ。収容所へ移送されていくユダヤ人家族の若い父親が、双子の赤ちゃんひとりを運命に託し、列車の窓から雪の中へ投げ放つ。そして、子供が欲しくて欲しくて、でも授からず、日々の厳しい暮らしを生き延びることに必死だった貧しい木こりの妻が、その命を拾い上げる。お乳は出ない。食べるものもない。朝から晩まで強制労働でくたくたの夫は、人でなしの子どもなんか！と声を荒げる。それでも妻は体を張って赤ちゃんを守る。そして、やがて赤ちゃんの小さな心臓の鼓動に触れた夫の心にも、忘れていた温かい気持ちが満ちてくるのだった。一方、収容所で家族と別れ、収容者の頭を刈る床屋をさせられていた双子の若い父親は、身も心もぎりぎりの中、列車から投げ捨てた子供を思い、悲しみの底にいる。命の限界のところで戦争が終わり、子供は生き延びていると願い、探しにでかけるが……というのがあらすじだ。

物語はテンポよく、リズミカルで、どんどん引きこまれる。ホロコーストは生々しい歴史だが、おとぎ話風の語り口は、私たちに想像力を喚起させる。凍える寒さや、列車の匂い、森の光、吹きつける風の音。そして悲惨な時間の中にも必ず愛というものがあること。「実際の人生でも物語のなかでも、ほんとうにあってほしいもの、それは、愛だ」とエピローグにあるように、愛のもたらす力、奇跡を、強く信じたくなる一冊。

『冬のUFO・夏の怪獣【新版】』（クリハラタカシ、ナナロク社）には悲惨な瞬間はひとかけらもない。そこはまさに愛と奇跡に満ちたユートピア。なんでもない瞬間に、いかに愛と奇跡がちりばめられているか、ということに気づかされ、ある意味ショックを受けるマンガだ。登場人物の緩やかな相関図を想像するのも楽しい。

さあ今年も、映画とか本とか、いろいろな物語にびっくりさせてもらいましょう。

（二〇二一・〇一）

美味しくて楽しくて躍動する

沖縄銘菓ちんすこうが、食べきれないまま賞味期限を迎えた。もともと賞味期限はまったく気にしないが、効率よく消費するには、と考え、昔、黒柳徹子さんが紹介していた、「ビスケットを牛乳に浸し、それに生クリームを挟んでどんどん積んで形を整え、冷蔵庫で寝かせる簡単ケーキ」というのを思い出し、それを、ちんすこうでやってみた。牛乳の代わりに豆乳で、生クリームにはメープル

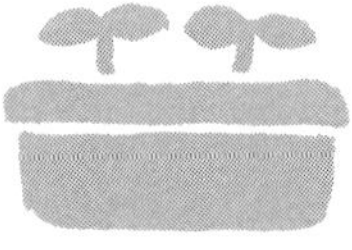

シロップをほんの少し垂らした。しっとりした中にもちんすこうのザラッとした食感が残り、切り口の断面もチェック模様の、洒落た「ちんすこうケーキ」になった。これがまた驚きの美味しさ！　しかも簡単！　しかも世界初！　そして楽しい。

『好きに食べたい』（服部みれい、毎日新聞出版）は、文筆家、詩人、そして雑誌の編集長でもある著者が、二〇一五年から拠点を東京から故郷の岐阜へ移し、そこでの暮らしと食を通して、これからの私たちと地球について考えるきっかけを投げかけるエッセーだ。

服部みれいさんに対する勝手なイメージは、自然と人間の関係をどこか霊的な視点で捉え、不安定な現代人の心を癒やすための提案を発信し続けている、どちらかと言えばスピリチュアル系の人、というもの。ところが、本書に綴られた服部さんの暮らしは、極々まっとうな人間の営みだ。

とにかく、故郷の美濃での暮らしを全身で満喫している。会社をあげての畑仕事、味噌づくり、地域の人たちとの交流は、ページからその活気と感動が溢れてくる。そして玄米や、菜食中心の食事をしているかと思えば、揚げ物が大好きで、外食ではこてこてナポリタンや、ハンバーグに舌鼓を打つ。どれも感動する食事には、作り手と食材のパワーがある。

そしてチャレンジや感動に満ちた美濃での暮らしが落ち着いていくにつれ、食についての思いもクリアになっていく。現代の食事は環境にも人間にもストレスフル。食事の形態にとらわれず、いのちが躍動しているおいしくて簡単な食事が人にも地球にもいいのだと。

土に触れ、自分で植えた野菜を食べ、美味しい空気や水に感謝して暮らす。極々まっとうな人間の営みをしている服部さんの感動や思いに溢れる一冊。

家庭菜園熱が盛り上がる。**『コップひとつからはじめる自給自足の野菜づくり百科』**（はたあきひろ、内外出版社）は二〇一九年初版、現在四刷。著者は奈良で家族五人の米と野菜を自給自足している。

菜園に必要な材料や栽培方法などが、具体的で実践的なうえ「育てるというより、野菜（いのち）が育つ環境を作る」『ハウツー』より『思いやり』」「土全体をひとつの生き物と考える」など、大らかで優しい。

コップでネギから、というのが最初のステップらしいが、私はいきなり、プランターひとつで一年楽しむ、というのに挑戦してみようと思う。三月スタートはなんと、ジャガイモから。ほんまかいな。そして収穫後、バジル、ブロッコリーという流れだ。

「簡単な食事」はどこにでもあるけれど、「いのちが躍動している」というところがポイント。ちんすこうケーキ？　もちろん躍動していましたとも。

（二〇二一・〇二）

わたしの時間を味わう

電子マネーというものにイマイチ馴染めず、唯一、鉄道系のものをケイタイに取り込んで使用している。ケイタイに取り込んでいるというだけでも、画期的なことだ。そして確かにとても便利。コンビニでちょっとした飴なんかを買うときにも、小銭と悪戦することはない。しかしだからといって、生活全般を電子マネーにするのには抵抗がある。そういえばかつて外国に行ったとき、ガムやタバコ

までクレジットカードで買う人々にビックリした。今でこそ、ほとんどのスーパーマーケットはクレジットカードが使えるけれど、それは結構最近の話。もちろん今は電子マネーだって使える。だがスーパーマーケットに限っていえば、私は断然現金派だ。店側からしたら、忙しい時間帯に財布の奥から小銭をほじくり出している客（おばちゃんに多い）はあまりありがたくないかもしれないが、銭と商品の交換、という原始的な行為を味わいたいのだ。でもレジ係のひとの手さばきが鮮やかすぎて、お金を用意するのが間に合わないこともしばしば。おばちゃんは焦る。焦って小銭をばらまいたりする。

『私は私に時間をあげることにした』（レディーダック、SBクリエイティブ）は、韓国の人気絵本作家でありエッセイストが、自分の時間をたっぷり味わうことで見えてきた、さまざまなあれこれを、可愛らしい絵と温かい文章で綴る。

SNSで十五万人のフォロワーを持つ著者は、五年間一度も休まず仕事に打ち込むが、多忙を極め、憔悴《しょうすい》しきった自分に限界を感じ、執筆活動を数カ月休むことに。それまで仕事しか頭になかった暮らしが、丸々自分だけの時間になる。はじめは仕事をしないぼんやり日々が辛かったが、それに耐えていると、徐々に日常が変わりはじめる。それまで適当に済ませていた食事が丁寧になり、美術館を楽しみ、旅行をし、見逃した映画やドラマを観て、本を思いっきり読み、美味しいものを食べ、ジムに通い、実家で両親に料理をし、裏の畑で野菜を収穫する。やりたいこと、楽しいことを存分に。それは完全なる自分の時間。時間をかけて自分に向き合ったことで、自分らしさや、やりたいこと、自分の周りの人々やものたちへの新鮮な思いに気づく。

そして、その後仕事を再開するが、「私の時間」を私にあげることを忘れない。焦らない、急がない。ゆっくり時間を味わうことで、ゆるぎない自分になった。

『わたしの好きな季語』（NHK出版）は作家の川上弘美さんの独特な浮遊感が心地よいエッセイ集。

初めて季語を使って俳句を作ったときの気持ちを「百年も二百年も前につく

られた繊細な細工の首飾りを、そっと自分の首にかけてみたような、どきどきする心地」だったと振り返る川上さん。そんなロマンチックな記憶の一方、昆虫や植物への即物的な眼差しや、偏愛する季語、怖い季語、大いなる酒愛など、その独特な視点に、プチ異界を覗く気分も。季語と戯れる川上さんにも、ゆるぎない「私の時間」が流れているのだった。

いろんなことを味わって過ごす時間は、なにより自分の栄養になる。私は小銭やお札の造形に感心しつつ、今日も悠然と現金を払うのだった。

（二〇二一・〇三）

うれしいゾーン

このところの生活で、毎日の食事をほぼ自炊するようになると、食材の無駄がなくなった。冷蔵庫や貯蔵棚をこれまでより頻繁にチェックし、買いすぎず、溜《た》めすぎず、作りすぎず、という意識が強くなったからか。調理が単純で、栄養のバランスもほどほど良く、好きな物を、と考えると、逆に変な欲が無くなり、何を食べても美味しい、という不思議なゾーンに突入している。

外食しないとなると、人と会う機会も激減。服装も代わり映えしない。そんな動きのない服も、この際整理して、何を着ても楽しい、というクローゼットにしようではないか、と片づけを始めたら、四十五リットルのゴミ袋が六つ、パンパンになった。欲しいと思って買ったはずの服が、こんな塊になるのは複雑な気持ちだ。そもそも服とは私たちにとって何なのか。**『服のはなし』**（行司千絵、岩波書店）はそんなモヤモヤをしみじみ考えさせてくれる。

新聞記者をしながら、独学で洋裁を習得し、これまで三歳から九十一歳の八十人余りに二百九十もの服を作り、個展や著書で、自分と服についての思いを発信する著者だが、自身のつくる服は、「ただ在る服」でありたいという。それは、経済という歯車から切り離された、純粋な楽しみ。手仕事は、面倒な日常を忘れて自分自身を癒やす行為でもあった。私たちは、いろんな理由で服を購入する。今、日本に出回る服は、バブルの頃の二倍の四十億着だという。それらがどの家にもパンパンに詰まっている。服は楽しい。でも、安いから、飽きたら捨てるから、と安易に服を買うことによる経済や環境への影響は想像以上にヘビーだ。植物を育て生地を作る人、生きたまま毛を抜かれるアンゴラウサギやアンゴラヤギ、安い工賃でミシンを踏む外国の労働者。だから買わない、とは言いきれないけれど、自分が手に取る服について、ちょっと考えてみるのは必要なことかもしれない。

好きなものに囲まれて暮らすことを実践するのは群ようこさん。**『これで暮らす』**（角川文庫）は春夏秋冬を豊かにする、日常のさまざまなものを愛《め》でる群さんの暮らしが楽しい。ご飯を炊く鍋、着心地の良いパジャマ、編み物、千代紙やきれいな包装紙、万年筆、食器、腕時計など、身の回りのものは吟味し納得したものばかり。どこの会社のなんという製品で、どこがどう気に入っているのか、というところまで子細に記しているところがありがたくて、気になるものはそのつどインターネットで調べたくなり、たびたび読書が中断する事態に。

そのもの選びは環境にも配慮している。強い合成洗剤や、プラスチックはなるべく避ける。筆記具も、優れた持続可能性をもつ万年筆に注目している点に、なるほど、と思った。コンバーターでインクを注入すれば、文字どおり万年使用可能だ。群さんのもの選びはどれも頼もしい。

お気に入りの服や身の回りのものは私たちの暮らしを、楽しく豊かにしてくれる。使い捨てではなく愛着の持てるものを、そして、何を手に取ってもうれしいゾーンを目指して吟味したい。

（二〇二一・〇四）

鳥と自転車

一年で最も好きな新緑の季節がやってきた。このところ、随分とおとなしくしていたので、久しぶりに山歩きを解禁することにした。といっても、歩行時間一時間半くらいの手ごろなハイキングコースだ。少し早起きして、ひとり急行電車に乗る。平日のハイキングコースは、ほぼ誰もいない。ときどき近所の住民らしきオジイサンが手ぶらで散歩しているのとすれ違うくらい。張り切ってフル装備

の私のいでたちは、やや過剰かもしれないが、それもまたコスプレ的で楽しいのだ。

木々や土の香りに癒やされるのはもちろんのこと、最近のもっぱらの興味は鳥。葉が生い茂るこの季節、森の中で彼らの姿を見かけるのは難しい。声を聴くだけでも楽しいけれど、日が高くなるにつれて鳥たちも鳴りをひそめる。春先の、まだ木々が芽吹いたばかりの公園でさまざまな鳥の姿を発見し、意外とたくさんの種類が近所にいるのに感動したことが思い出される。

そんな鳥愛初心者の私に『**身近な「鳥」の生きざま事典**』（一日一種、SBクリエイティブ）は、とんでもなくためになる一冊だ。図鑑だと陳列写真を見ているようで、なかなか覚えられない鳥の姿や名前が、イラストで綴られた鳥の習性や生態は、不思議と印象に残る。指名手配中の犯人の似顔絵が、ときにモンタージュ写真より効果をあげる、という話を聞いたことがあるが、鳥にもあてはまるかも。初心者としては、美しい羽毛の柄や愛らしい鳴き声に興味をそそられるが、彼ら独特の生活様式を知ることで、ますますその面白さにはまりそう。見るも艶やかな珍しい鳥は滅多に見られないので憧れは募るけれど、身近にいるハトやカラス、シジュウカラやムクドリなどの生きざまを知ることで、生きものとしての親近感がぐっと増すのだった。森で出会う鳥たちはご褒美みたいなもの。まずは同じ町に住む鳥たちと親しくなりたい。

また、風薫る季節になると気になるのが、自転車だ。以前、このページで「私も自転車に乗る!」的なことを豪語した記憶があるが、お恥ずかしながらそれは実行されていない。言い訳かもしれないが、町を走るママチャリが怖すぎる。ほぼ原付バイクと同じ存在感で町を縦横無尽だもの。**『自転車に乗って』**(三浦しをん他、河出書房新社)は明治の文豪から現代の作家にまでおよぶ、自転車にまつわるエッセイのアンソロジー。今でこそ自転車は電気の力で人力以上の力を発揮することが可能になったが、本来は人間の力のみによって発動するもの。柴田元幸氏が引用した内田謙氏の文章に「二十一世紀に継承される数少ない道具のなかの一つ」とあるように、夏目漱石や志賀直哉から羽田圭介、藤崎彩織にいたるまで、自転車と人間との関係性はどこか温かく、普遍的だ。初めて乗れた時の感動、遠出の思い出、ちょっとしたアクシデントなど共感できるものから、未来の環境と自転車の可能性についての考察なども興味深い。

電動自転車でブイブイかっとばすママさんたちもおっかないけれど、鳥に気を取られて上を向いたままの歩行者（私）も迷惑なものだ。お互い気をつけながら新緑を楽しみましょうね。

（二〇二一・〇五）

本はゆっくり

読書家でない私は、本を読むのがとても遅い。「速読」「瞬読」という技もあるそうで、今は子どもの学習塾でも本を早く読む方法を教授しているとか。十分で一冊が読めるって、どういうことだろう。私の知り合いが速読の講座を受け、そこでは毎回パソコンを見ながら目のトレーニングをするそうだが、普段使わない目の周りの筋肉を酷使するからか、家に帰ると必ず鼻血が出たそうだ。まさに血

のにじむトレーニング。ちなみに彼女は途中で挫折した。

一冊をあっという間に読めたら、どんなにたくさんの本が読めるだろう、という希望もわくが、なにもそんなに急いで読まなくたっていいじゃないの、という気もする。むしろ、早く読んではいけない本もあるのだ。

『星野道夫　約束の川』（平凡社）はまさにそんな一冊。千年も二千年も前から変わらない極北の原野の風景、人間のいない世界に流れる自然のリズム。ありったけの想像力で頭と心がぱんぱんになる。アラスカを生きるために写真を選択したという星野道夫さんの、心のフィルムの風景を綴った文章は、もしかしたら写真以上にアラスカを伝えてくれるかもしれない。

十代の頃、古本屋で出合ったアラスカの写真集に魅せられ、アラスカに渡り、どんどんその懐に入っていく星野さん。それはまるで自分の魂のルーツを探っていく旅のようだ。太古と繋がる壮大な自然と向き合ううち、その風景ばかりでなく、そこに暮らす人たちの精神性にも強く惹かれていく。地の果てにも人々の暮らしがあり、その民族の言葉でしか表現できない世界もあるけれど、どんな民族であれ、誰もがたった一度のかけがえのない人生を生きている、という星野さんの言葉は、不思議と生きる勇気に繋がる。見知らぬ遥かな土地に暮らす人々。人間の知恵の及ばない自然の力。星野さんが見たアラスカは、大きくて険しいけれど、懐かしく温かい。

まさにアラスカから遥か離れた場所で、粛々と大事に暮らしを紡いでおられるのが、松浦弥太郎さん。『なくなったら困る100のしあわせ』（SBクリエイティブ）にはそんな松浦さんの人生に欠かせない大切なものが詰まっている。松浦さんと私は同い年。子どもの頃に周りの大人や世の中の雰囲気から感じ取った道徳観のようなものが似ているのか、なんでも簡単にできてしまうことの味気なさや規則正しい生活の心地良さなど、100の項目には共感するものが多い。今は男女の性別で物事を計るのはナンセンスだが、そのたおやかで繊細な価値観は昭和の男（どんなイメージ？）というより、昭和のお母さんだ。身だしなみを整え、テーブルや床を拭き、感謝をし、配達される牛乳や手でチューニングするラジオを大切に思う。テクノロジーの進歩を否定はしないけれど、当たり前の、平凡なものを守っていきたいという松浦さん。仕事は「困っている人を助けるため」という視点を持つことがモチベーションとなる、というのもどこか大いなる母の声のよう。

本にはその本に合った読むスピードがある。むしろ本くらいゆっくり読もうよ、と言いたい。

（二〇二一・〇六）

自然はそんなに甘くはない

今年（二〇二一年）はオリンピックの開催に準じて国民の祝日がイレギュラーになるそうな。なるほど七月の「海の日」や八月の「山の日」が、部屋のカレンダーとグーグルカレンダーで微妙にずれている。だいぶ前に発表されていたのかもしれないが、つい最近気がついてちょっとびっくりした。ちょっとというのは、私にとって祝日は特に重要でないからだ。逆に祝日はどこも混雑するので出歩か

ないようにしている。「山に親しむ機会を得て、山の恩恵に感謝する」のが趣旨の「山の日」だそうだが、わざわざ日にちを決めなくても、とも思う。むしろ一年に一日じゃ全然足りない。ひと月に一度は欲しい。

そんな「山の日」への気分を盛り上げてくれるのが、動物の研究を五十年以上続けてきた今泉忠明さんと、帆さんのマンガによる**『あえるよ！ 山と森の動物たち』**（朝日出版社）。簡単な漢字にもルビがふってあるので、子ども向けなのかもしれないが、なかなか出会えない動物たちの生態は、大人が読んでも興味深く、楽しい。足跡や糞のかたち、植物の分布にみる棲《す》み分けから、その動物独特のユニークで不思議な習性など、見開きのページで完結するところも飽きさせない。

考えてみれば、私たちが山にでかけても動物にあえるのはめったにないこと。あちらの方は我々人間を避けて暮らしているのだから。「あえるよ！」とタイトルで謳《うた》っているが、それはなかなか難しい。ゆえに、本の中の動物たちの暮らしがますます神秘的に思える。生々しい写真でなく、親しみやすいマンガが添えられているのも、想像力がかき立てられる。そして、それぞれ上手に棲み分けし、共存している動物たちの本能には感服の至り。その中に人間がずかずかと分け入って、これ以上おかしなことをしないように気をつけないといけない。

たまに山や森に行くくらいだから、動物にあえないんだろうな、やっぱり自然の豊かなところに暮らしたらそんな出会いもあるんだろうな、とウットリしているところに、**『地獄の田舎暮らし』**（柴田剛、ポプラ新書）という黒いゴシック体のタイトルが突き刺さった。親子三代にわたり日本全国から世界各地の生活史の聞き取りを続けているという柴田さんだが、最近の新型コロナの流行を機に再び流行している田舎暮らしの落とし穴を指摘し、安易な移住への憧れを持つ人に警鐘を鳴らす。

にしても手厳しい。都会以上に生活費がかかる。地方自治体が移住者に期待するのは税収入。界隈《かいわい》で良い土地はバブル期に既に売れている。地元民にとって移住者はつねに妬み嫉《そね》みの対象。

読んでいるうちに、「田舎暮らし、絶対無理だから」と言われているような気分になってくる。結局、人と金の問題がこじれがちなのが田舎暮らしという説らしいが、そんな世知辛いのが実態なのだとは思いたくない、というのは、やはりアマちゃんか。

森に棲むモモンガは、血縁でもつがいでもない個体が同じ巣穴に同居するという、動物界でも珍しい生きものらしい。そんなモモンガの余裕を見習って、田舎暮らしに明るい光が差し込みますように。

（二〇二一・〇七）

大人の思いやり

ひとり暮らしの母親のところに、以前より顔を出すようになった。生息状況の確認が目的だ。高齢の母は、まだなんとか身の回りのことはひととおりできるが、老眼で細かいところが見えていなかったり、うっかり（すっかり？）忘れていたり、自分ひとりでは処理できず放置していることがらがあるはず。洗濯機の細かい部分の掃除とか、台所の棚の奥の調味料の整理とか、段ボールのゴミ捨て

などをヘルプ。そのくらいで、まだひとりで生活できるのだから、元気なのはありがたいことだ。そんな作業よりツライのが、母親の世間話をひたすら聞き続けること。会話の98％は母親が喋りまくっている。ひとり暮らしだからたまには喋りたいのかな、と思って頑張って聞いていると、近所のお友達との交流は活発だし、長電話もしょっちゅうの様子。昔はこんなに喋るひとではなかった気がするのだがと思いつつ、右耳から左耳へと話をやり過ごすのだった。

家族であっても、家族ひとりひとりにそれぞれの過ごしてきた時間がある。一番気を許せるのが家族なのかもしれないが、それは気が合うというのとはまた別の話。いってみれば同じ種族だから協力し合う、という動物的な繋がりの上になんとか成立している気がする。反抗したり、嫌悪したりしながら、そのうち大人同士の思いやりみたいなものがでてきて、それで支え合っていく。いろいろな家族がいるのだろうが、我が家はたぶんそんな感じか。**『沢村さん家のたのしいおしゃべり』**（益田ミリ、文藝春秋）の沢村家は、父、母、娘の三人暮らし。平均年齢は六十歳。まだまだお若い。そして、絵に描いたように（マンガですが）仲が良い。定年後、図書館やジム通いが日課の父、社交的で料理上手の母、実家暮らしでベテラン社員の娘。移り行く季節、町の香り、友人と過ごすたわいのない時間。三人はそれぞれの時間を過ごしながら、ふとした瞬間に家族のことを考える。団欒《だんらん》の中で、家族の気づかなかった一面をひそかに発見する。沢村家それぞれの心のつぶやきにはきっと誰もが共感するはず。こんなに居心地の良い家族だったら、他に何もいらないだろう。「素直」「良心」の塊のような一冊。

沢村さん家の料理上手の母は、きっとこんなご飯を作っていたのでは、と楽しくなるのが**『沢村貞子の献立　料理・飯島奈美②』**（リトル・モア）。偶然にも沢村つながり。昭和の名脇役・沢村貞子さんが長年にわたり残した献立を、飯島奈美さんが実際に料理に仕立てて楽しませてくれるテレビ番組「３６５日の献立日記」の内容をまとめたシリーズの二冊目。沢村さんが献立日記をつけ始めの頃は、今のように写真付きの料理本はあまりなく、ひたすら文字で説明するものが多かったそう。それを沢村さんはご自身の想像力で料理を形にし、そしてこんどは飯島さんが、その献立から想像力でそれを再現する。季節の食材をたくさん使った素朴な料理は、決して手軽に、というものではないが、家族を思って腕によりをかけたに違いない、この上ない御馳走。そして、本の扉のお二人の素敵な笑顔が不思議と親子のようにそっくりなのが印象的なのだった。憑依《ひょうい》!?

（二〇二一・〇八）

猫がいっぱい

人気テレビ番組「岩合光昭の世界ネコ歩き」は、猫好きとしては素通りできない。世界と猫の取り合わせは旅心と猫心の両方を満たしてくれる。そしてもうひとつの取り合わせは、もちろん岩合さん。あの「いいこだねぇー」という低音の猫なで声に、はじめ驚いたが、今では「よっ、待ってました」という気分。わが家の猫もこの番組がお気に入りのようで、そろりと画面に近づき、張りついて見

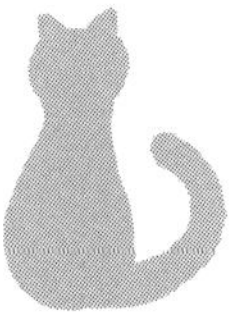

入っているかと思えば、画面の中の猫にパンチしたり、テレビの裏に回っては怪《け》訝《げん》な様子で出てくるのが可笑しくも哀《かな》しい。

『空とぶ猫』(港の人)は詩人の北村太郎の猫にまつわるエッセイや詩を寄せたアンソロジー。

北村さんといえば、ドラマにもなった、ねじめ正一さんの小説『荒地の恋』の登場人物のモデル。あいにくどちらも拝見していないが、別のものでその壮絶ともいえる三角関係について綴ったものを読む機会があって、それらの中の北村さんは、物静かで、優しくて、そしてさびし気な人、という印象。どれも他者から見た北村さんの印象だが、他者の目が実像を捉えているということもあるだろう。

北村さんの言葉で綴られたご自身の暮らしには、猫がいて、家族がいて、友人がいる。その後家族から離れ、十年で九回も引っ越しをしたというその暮らしは、決して安寧なものとは言えまい。しかし北村さんの文章は穏やかだ。それは、その軸に、猫がいるからかもしれない。常に穏やかな調子の北村さんだが、江戸時代の俳人、宝井其角《きかく》については「きらいな男だ」と吐き捨て、「大酒のみの人殺しめ」と芭蕉殺しの当人だと断定しているところに、優しいだけではない北村さんの毒を見る気がして、ちょっと嬉しくなった。

北村さんにとって猫の存在は、巻末に添えられた田村和子さんの文章にあるように、最期まで特別なものだった。波乱の恋愛物語やその最期を知る読者としては、北村さんの綴る猫とのかけがえのない日常が妙に切ない。

『猫町』（平凡社）は詩人の萩原朔太郎の短編小説に版画家・金井田英津子の挿絵が幻想的な世界を盛り上げる。一九九七年に刊行されたものの新装復刊だ。

どこも同じような人間と風景ばかりだと、旅に興味を失った主人公が、言ってみれば、おそらく薬物によるトリップで新しい旅の景色を体験する物語。といった私の拙い説明では、身も蓋もないが、主人公の迷い込んだ、美しくも緊張感に満ちた町が、突如、猫で充満されるまでの主人公の思考には、神経が張り巡らされていて、タイトルですでにネタバレのところを、クライマックスまでじりじり惹きつける。町に猫がいっぱい、という、捉え方によっては可愛いファンタジーにもなる状況を、戦慄の走る世界観としたところに、猫好きのダークサイドを見るよう。

テレビの裏に回るわが家の猫は、あちらに広がる世界をどう思って見ているのだろう。モノゴトには、いろんな面があることに、うっすら気づいているだろうか。岩合さんの猫なで声や、北村さんの毒や、猫いっぱいの戦慄。いや、きっと猫のほうが人間以上にいろいろなものが見えていたりして（猫好きの思考）。

（二〇二一・〇九）

一流でも三流でも

何気なくテレビをつけたら、志穂美悦子さんが「花活動家」という肩書で華麗に花を生けておられた。結婚後は女優の仕事を離れ、その姿を拝見する機会はなかったが、なんでも東日本大震災後、被災地でフラワーアレンジメントの教室を開催したのをきっかけに、そこから活動が広がり、お寺の式典の献花や花の種を植えるイベントなど、現在は花の活動家としてご活躍されていたのだった。またある日、お洒落で粋なバンド「サンディー＆ザ・サンセッツ」のサンディーさんが芸人さんにフラを指導していた。フラの指導者となったサンディーさんは、大いなるカリスマに溢れていた。天はひとりの人間にいくつもの才をお与えになることもあるのだ。

優劣でなく、一つのことを究められる人を「一流」、いろいろなことを専門とする人を「三流」と定義し、三流の生き方を提案するのが『三流のすすめ』（安田登、ミシマ社）。現代の日本は、会社も人も何かと一流を目ざしがちだけれど、一流に向かない人まで一流を目ざすことはない、と自ら三流と称する著者が、三流の人生の愉しさ、気楽さを綴る。

著者は能楽師のワキ方でありつつ、甲骨文字、シュメール語、論語、聖書、短歌、俳句、ロルフィングというボディーワークなど、その活動は多岐にわたる、いわば三流の鑑《かがみ》。三流人の特徴を自虐的に「飽きっぽい、役にたたない、評価を気にしない、究めない」などとし、結果を求めず、今、目の前の興味あることに没入しその瞬間を積み重ねる、螺旋《らせん》的な人生をすすめる。それは「どの時点で死んでも後悔はない」から。つまりいつ死んでもいいくらい没入できるのが三流人の凄さということにもなる。実は、本の内容の半分以上が『論語』『中庸』『人物志』といった中国の古典からみる三流についてなのだが、正直、それよりも、著者自身の興味の対象への強烈な関わり方に興味を惹かれた。紙幅に余るので割愛するが、それらは常人からしたらあまりに超人的。一流を天命とするなら、三流の人生も天命なのではないか。一流も三流も、どちらも特別な才能をもちあわせているに違いないが、結果や評価を気にしない三流の哲学は、何かに挑戦するとき、気持ちをとても楽にしてくれそう。

『完全版　普通の人』（安西水丸、クレヴィス）は、一九八九年刊行『普通の人』と九三年刊行『平成版　普通の人』などを合わせた漫画集。

昭和の終わりから平成にかけての普通の人たちは、まだケイタイのない世界に住んでいる（平成版に一度登場）。セクハラやパワハラ、下ネタなどもちりばめられ、なんだかとても懐かしくも普通なのが嬉しい。読んでいくと、人はみないろいろ悩みを抱えて生きているけれど、結局どれも単純なことなのかも、と思えてくる。あの人が嫌い、自信がない、モテたい、ヤりたい、凄いといわれたい。そんなことにいろいろ理屈をつけている地球人の、なんと愛しい生物なことよ、と某缶コーヒーの宇宙人になったような気分になる。

一流も三流もひとかどのものになるのは大変。でも、大変な局面のとき、宇宙人目線になるのは結構いいかも、という発見。

（二〇二一・一〇）

「過程」を愉しむ

週に一度のピアノ教室に通い始めて約一年半がたった。毎日少なくとも一時間は練習するが、そんなに時間が取れない時は十分でもピアノに触る（外側じゃないですよ）。そして一週間たいした進歩も感じられないまま、あっという間に次のピアノ教室の日がやってくる。先生は優しいし、眠くなるほどゆっくり弾く私を追い詰めるような圧もかけないでくださるが、私ひとりで、あわあわしながら

毎日ピアノと格闘し「こんなんじゃ駄目だっ！」と、ガチガチの頭を抱えるのだった。そしてふと考える、私はいったいどこへ向かおうとしているのだ？

七〇年代から八〇年代、スタイリストとして活躍した吉本由美さん。『イン・マイ・ライフ』（亜紀書房）は吉本さんの半生と、現在の、故郷熊本での暮らしが綴られたエッセイだ。映画好きな子ども時代を経て、イラストレーターを目指し上京、「セツ・モードセミナー」に通いながら、映画雑誌『スクリーン』の編集部員となり、その後イラストレーター大橋歩さんのアシスタントに。その大橋さんのご縁で『ａｎ・ａｎ』の編集見習いとなる。その後の活躍は当時の若者はだれもが知るところだ。スタイリストである一方で、著書も多数出版、ある時から文筆業一本となり、十年ほど前からご自身の育った熊本の実家に居を移し、仕事を続けておられるそう。

バリバリ団塊の世代という吉本さんは、その時々の時代の勢いもあるのかもしれないが、とにかくフットワークが軽やか。興味のあることにはどんどん邁進《まいしん》し、愉しみ、「もう、こんなところかな」と感じると、不思議と次のステージが目の前に現れ、タイミングを逃さずにふっとそれに飛び移る。ご自身に、そういうタイミングを引き寄せる力と、そこで発揮するだけの才をお持ちだからできることなのだろう。六十二歳から始めた熊本での暮らしも、家の維持費や庭仕事などの重労働、思いがけない孤独感など、はじめこそ戸惑うけれど、少しずつ地元のひととの繋がりの輪が広がり、充実した暮らしになっていく。

そんな吉本さんの愉しみのひとときが、八年間続けているというチェロ。「上達とは無縁だが、結果ではなく、〝過程〟を愉しんでいるのだから『これでいいのだ』とバカボンのパパになっている」という一文に、それです！と私の胸の内の大きな塊がシュワシュワ溶けた。七十歳を過ぎた吉本さんの文章が全くもって瑞々《みずみず》しいのは、遊び心を忘れず、人生を面白がってころころ転がり続けているからだろう。

『長めのいい部屋・かわうそ天然気分』（中央公論新社）は二〇一五年に四十六歳

で逝去した、漫画家、イラストレーターのフジモトマサルさんのコミック絵本。どちらの作品も、擬人化された動物たちと人間が共に暮らす世界。彼らの暮らしは都会的でさっぱりしていて、どこかシュール。そんな彼らの姿に妙に共感して笑っちゃったり、ひとと関わることや、自分らしくいることを、ちょっと客観的に眺めたりする。

自分のチェロに「ヒルデガルト」と名前をつけている吉本さん。楽器も、動物も、人間とほぼ同等の世界観って、新鮮。私もピアノの名前を、今、考え中。

（二〇二一・一一）

できる喜び

かつて、テレビの番組でお総菜やさんの店番を体験した。お醤油や缶詰など、ちょっとした食材も置いている店で、それらの陳列のしかたや、客のいない時の佇まいなど、普段客としてあまり意識していないところにも神経を使うのだった。求められた総菜の重さを量り、容器に入れるというのも技が必要。一番緊張したのがレジだ。金額をレジの数字のボタンに叩きこみ、「エンター」的なボタ

ンを押して初めてチーンとお金の入った引き出しが開く。その時にはおつりの計算もできていなくてはならない。勿論できていない。お金の入った引き出しを開けたままウンウン計算しているのは不用心だし、何しろカッコ悪い。普段さりげなくこなしているように見える仕事でも、経験してみて初めて、その〝技〟の凄さに気がつくのだった。

ピアニストもそうだ。ピアノを習い始めて一年半。たった3分の曲を間違えずに終わりまで弾けることの奇跡よ。それをプロの演奏家たちは、一時間以上も弾くのだ。それがどれだけ凄いことなのか、自分がピアノを体験してよくわかった。『60歳からピアノをはじめなさい』（元吉ひろみ、ヤマハミュージックエンタテイメントホールディングス）は、ピアノを習っている二百九十一人のシニアへのアンケート調査の結果から、ピアノを習うシニアの実像にせまる。

なんでも今はシニアピアノ教育も研究が進み、シニアに教えるためのピアノ指導法の講座を受講する講師も多いそう。この著書も、そんな研究書のひとつといえるが、タイトルにあるようにシニアピアニストを鼓舞する内容でもある。ほぼ、アンケート結果がページを占めるのだが、本文の文字がものすごく大きい。アンケートの項目も「一日どのくらい練習するか」「どんなときに辞めたくなるか」「レッスンにもとめるものはなにか」など、ピアノを習う者ならだれもが気になる項目ばかり。その回答結果に、共感したり励まされたりする。よくピアノはボケ防止になるから、ということを聞くけれど、レッスンを続ける理由のもっとも多いのは「弾けたときの喜び」で百三十三人、「脳活性」はたったの三十四人。グループレッスンにおける人との関わりの喜びも大きいそう。年を重ねていくとできないことが増えてくるけれど、そのステージなりの学び方がある、と生涯ピアニストであることを応援する。

ピアノはこの先なくなることはないと思うのでシニアも安心して練習を続けることができるが、『**絶滅危惧動作図鑑**』（藪本晶子、祥伝社）は、道具や物でなく、それを使う人間の動作に着目し図鑑にしたもの。

たしかに「切符を切る」「そば屋の出前」「小指で恋人を示す」などはほぼ見ないが、将来的に「洗濯物を干す」「掃除機をかける」「鍵を閉める」などの動作も、なくなるかもしれないらしい。絶滅危惧とされている動作には、私が普通にしているものもたくさんあって、自分が絶滅危惧動作の歴史的証人のひとりであることを自覚するのだった。

ちなみに「レジ打ち」も絶滅危惧動作レベル1。ただし、スキャンやキーを叩く今の形式のもの。私が経験した、ガッチャン、チーンは、ほぼ絶滅かもしれない。貴重な体験に感謝。

（二〇二一・一二）

自炊と検索

このごろテレビを見る時、音声と共に字幕機能を使っている。お煎餅など脳天に響くものを食べながらでも、音量を上げずに番組を楽しめる。しかし、そんな耳と目でダブルチェックをしていながら、数分後には「あの今流行ってる、イタリアの、生クリームが挟まったパン、マリオットだっけ？（正解はマリトッツォ）」などと記憶が朧《おぼろ》になるのが、生身の人間の哀しいところだ。

『100万回死んだねこ』と聞けば、佐野洋子さんの絵本を思い浮かべる。しかしそんな本はない。正解は『100万回生きたねこ』。こんなふうに、司書が図書館のカウンターで出会った、利用者の本のタイトルの覚え違いや、内容の描写の断片をまとめたのが『100万回死んだねこ　覚え違いタイトル集』（福井県立図書館編、講談社）。もともとは図書を探す際のレファレンスの事例として記録していたものだそうだが、レファレンスサービスをもっとアピールするためにと「覚え違いタイトル集」を図書館のホームページにあげたところ話題となり、今も更新するとSNSで大いに話題になるそう。

利用者の覚え違いのタイトルは、できそこないの駄洒落のような破壊力で、噴きだすこと必至。またそのヒントでよくも！と本を探し当てる司書さんの力業もすごい。司書さんの正解コメントは気が利いていて、その本のたった一文の要旨も的確だ。

司書とのコミュニケーションを通して本を探す（実はそれこそが図書館の業務

そのものらしい）というのがほのぼのしていて楽しいし、何より司書というプロフェッショナルの図書検索能力の底力に感服。さらに図書館の検索機を使う時のコツなども参考になる。

図書館の本は気軽に借りられるのが嬉しいところだが、もっと深く本と向き合うことを提案するのは**『未来のきみを変える読書術』**（苫《とま》野《の》一《いっ》徳《とく》、筑摩書房）。十代のノンフィクション読書を応援するコンセプトで刊行されたラインアップのひとつだが、いまだ緩慢な読書傾向にある私も、ぜひ指南いただきたいと手に取った。

多くの本を読むことは、自分の人生を導いてくれるマップを手に入れること、そして「速読家の知識は、単なる脂肪である」という平野啓一郎さんの言葉を引用し、良い本をじっくり読むことを勧めている。そこまでは、オトナとして大いに共感する。だが、読後に自分のためのレジュメをつくろう、というところで、震撼。著者は、一般的な文庫や新書で数千字、哲学書などは三万字から五万字のレジュメをつくるとか。さらに驚いたのは電子書籍になっていない学術書などは、裁断し一枚一枚スキャンして、電子ペーパータブレットで読むという、まさに未来の読書術を開陳。これは俗に「自炊」といわれる方法で、既にその筋ではおなじみらしい。読書の時間は、その人のやる気でいくらでもつくれるものなのだなあ、と感心した。そういえば二宮金次郎こそ、その元祖ではないか。いつの時代も、秀でる者は、人並み以上の努力をしているのだ。

でも、いろんな読書があっていいぞ。と、これは自分に言い聞かせた。

（二〇一二・〇一）

パフェは卒業？

甘いもの好きな私は、両親が糖尿という血筋なので、将来、というか、今から気をつけなくてはいけないのだと思う。とはいえ、朝のおめざに始まって、日に三度、甘いものを口にしている。救いなのは、いっぺんにたくさん食べられなくなってきたことか。大好きなウエスト青山ガーデンのホットケーキは半分で十分だし、カップのハーゲンダッツは一つ食べるのに三日かかる。もう十分、と胃が

脳に指令をだす。パフェもかき氷もひとつ食べきるのは決死の覚悟だ。おしまいのほうは、ただただツライ。寒い。

丈夫な胃袋を持つふたりが、一緒に食事をし、そのとき感じたことをそれぞれ綴る往復エッセイ『**胃が合うふたり**』（千早茜・新井見枝香、新潮社）。胃袋の丈夫さに加えて、食べ物との対峙のしかた、食事のときの好ましい空気感などの相性もぴったり。だからといって、その関係はべたつくことなく、それぞれが淡々と自分の暮らしを生きている。そして、食べるために集合し、時間を共にし、解散する。それだけの行為だけれど、共有する食事の時間は濃密で、それは自然とお互いを発見したり、思いを深めたりすることになる。一緒に食事をして美味しい、居心地がいい、というのは、どんな形であれ、そこには愛が存在する。友情という言葉は照れくさいけれど、ふたりの間の愛は、胃袋を通してぶっきらぼうに存在するのだった。とにかく、胃が合うというのは、揺るぎない強い絆だ。

それにしても両者の食べっぷりの豪快さ。フレンチのコースのあとのパフェ四軒のはしご。メロンジュース、鰻、かき氷三杯、ケーキ二個からの居酒屋。パフェ、団子、ジェラートのトリプル。胃が痛くなってきた。

『**月金帳**』（港の人）は武蔵野の玉川上水あたりに住む画家牧野伊三夫さんと、南の島に暮らす作家石田千さんの、それぞれの日常の様子が交わされる往復書簡。

おふたりの暮らしには、新型コロナによって制限されたのちであるにもかかわらず（であるがゆえ？）、自由で豊かな時間が流れる。庭に物干しをつくる方法を案じたり、ベランダの植物の開花を発見したり、料理をしたり、音楽を聴いたり。たわいのない日常の断片から、それぞれの記憶や思考の旅が始まる。行動範囲が制限されても、こんなにも静かに、豊かに、ひとと繋がる時間を持つことができるのだと、そんなことはひとつも語らないけれど、読むほうの心は安らかになる。牧野さんのこだわりの料理や、石田さんのおおらかな家事のようすは、ひとそれぞれの生活のあることを思い出させてくれる。石田さんの文章の最後にある俳句も楽しみだったが、牧野さんが絵を描きたくなるのは「偶然目にした風景から、ふと何かを感じとって、描きたいと思えたら、それで十分なのである」という極めて俳句的な動機なのだと知って、おふたりの共通した感性を発見した気がして嬉しくなった。

ＬＩＮＥの短いやりとりでなく、お互いを思いながら文章を書くことは、なんだか、温かいなあ、と羊羹とほうじ茶でしみじみするのだった（かき氷とパフェは悲しいけれど卒業かも。「〇〇の冷や水」！）。

（二〇二二・〇二）

百歳まで修業

科学の進歩で人生百年が当たり前になりそうだ。だとすると私の人生はあと四十年以上もある。おぎゃーと生まれてから四十歳までの時間を思えば、長いような短いような。そして楽しいこと、悲しいこと、いろいろありました。そんな波風がこれからもあるのだろうか。前半と比べると体力も落ちてきているので、あまり過激な波風は起きてはほしくないものだ。とはいえまったくの凪《なぎ》状態もそれ

はそれでツライが。

『100歳まで生きてどうするんですか？』（中央公論新社）は、末井昭さんのこれまでの人生と、その死生観が綴られたエッセイ。

一九四八年生まれの末井さんは七十歳をすぎたあたりから、病院に行く機会が多くなり、自分が老人であることを認識せざるを得なくなったそう。それまで老人という自覚もなかったので、どうやって老人として生きていけばいいのか、いつまで生きるのか、不安に包まれる。確かに今の七十代はまだまだお若い。特に末井さんの世代は、貧しい日本がぐんぐん経済発展をとげ、その青春から働き盛りの最中《さなか》まで、やんちゃな活気に満ちあふれた時代を生き抜いた人たち。その中でも、末井さんの人生は特にやんちゃ感が濃厚だ。

高校卒業後、就職先の工場を三カ月で逃げだし、デザイン学校に入学。キャバレーやピンクサロンの看板やチラシ、エロ雑誌のイラストなどを描くうちに、雑誌の編集に携わるように。発禁になるような過激な雑誌や、ギャンブル系の雑誌でどんどん稼ぐも、自らもギャンブルや投資などで何億もの借金を抱える。結婚、離婚、愛人問題。母親が愛人とダイナマイトで自殺したという幼少時代の体験も、末井さんの中でなんらかのエネルギーになっていたに違いないが、とにかく、その半生は傍《はた》からみるとかなり波瀾万丈だ。

それが、人生後半で得た新たな妻との暮らしの中で、自分を縛っていた嘘やコンプレックスからどんどん自由になるようすが面白い。そこからの末井さんは、まるで憑《つ》き物が落ちたかのように朗らかで平和だ。老人として生きていくことの不安も、エッセイを書き進むうちに自然と薄れていき、これまでの人生のさまざまなストレスは「楽しい思い出」と悟りの境地のよう。

自分の人生をいつも達観し、肯定し、祝福できる静かな心こそ、百歳まで生きるうえで大切なものなのかも。

そんな静かな心を手に入れるためのヒントになりそうなのが、マンガ**『維摩《ゆいま》さまに聞いてみた』**（細川貂々《てんてん》、釈徹宗監修、晶文社）。

維摩経は、般若経、法華経と並ぶ仏教の代表的な経典のひとつ。病気になった維摩を文殊菩薩が見舞いにいき、その問答に、俗世を生きるための教えが示される。貪欲、瞋恚《しんい》（憎しみ妬み怒り）、愚痴（歪んだものの見方）が「三毒」という煩悩の代表。そしてそんな煩悩まみれの愚かな人こそ、ブッダ（悟る人）になる素質をもっているという。

生きていれば心に波風がたつのは当たり前だけれど、それを客観的にとらえる訓練を続けることが、心静かに生きる力になるようだ。煩悩につきまとわれつつ、高い高い視点をもって、百歳まで修行なのだ。

（二〇二一・〇三）

世界は続く

大好きだった伯母が九十九歳で亡くなった。毎年お正月には私のきょうだいや従妹らと施設で暮らす伯母を訪ねるのが恒例だったが、新型コロナの流行でそれができなくなって三回目の春だ。

秋田から十六歳で上京し、結婚後も夫婦で理容店を続けた伯母は、強くて朗らかでユーモアがあった。子どもの頃はよく電車にのって千葉の伯母のところへ遊

びにいき、何をするでもなく、清潔な香りの中テキパキ働く伯母たちの仕事ぶりをのぞいたり、家の中の古い雑誌や雑貨（工芸品？）などを物色したりして過ごした。手がすくと伯母は夕飯の支度をしに台所へ立ち、よく私の好物のさつまいもの天ぷらを揚げてくれた。斜めに大きくスライスしたさつまいもにぽってりした衣。アツアツのホクホクを味見する至福。お正月の餅つきにお彼岸のおはぎ、卓を繋げて民謡の合唱ありの宴会など、昭和のキュンキュンイベントはみな、伯母の采配によるものだった。さつまいもの天ぷらはまさに私のソウルフード。

『とどのつまり人は食う』（河出書房新社）は、佐野洋子さんの「食」にまつわるエッセイ集。

北京での幼少時代のエキゾチックで昭和な食卓の風景、青春の味、なんでも金で買えるようになった豊かな日本の空気。

特に幼い頃の食の記憶は鮮烈で、北京の街角で売られていたもち栗にあんこを入れて揚げたチャーガオや、鮮やかなピンク色の果物を串に刺し飴をからめたものがどれだけ魅力的だったか、内地のいなりずしとさつまいもがどれだけ憧れだったか、もう切ないほどに伝わってくる。

テレビもない食卓ではいつも父親が訓辞をたれ、ときにはちゃぶ台をひっくり返す。電気釜が、洗濯機が家に来た日。初めて飲んだカルピスの感動、麦茶の驚き、コーラの衝撃。コッペパンを分け合った親友と数十年後、洒落たテーブルセッティングで鶏のブドウ酒煮を食べる状況の気恥ずかしさ。

食の風景の向こうにはいつも懐かしいひとたちがいて、それが今の食卓に繋がっている。それを振り返る佐野さんも、もうこの世にはいないし、なんだか懐かしい風景の入れ子状態のよう。そうやって、わたしたちは食べ続ける。佐野さんの「人が生きるということはどうにかこうにかやっと食うということだと、それが正常だと思う」という価値観から随分それてしまったかもしれない世界も、まだまだ続く。

吉本ばななさんの**『ミトンとふびん』**（幻冬舎文庫）は、透明感のある優しさに包まれる短編集。

吉本さんの描くひとに悪いひとはいない。憎しみや恨みといった負の感情は偏ったこころの状態なのだということを、物語の世界に触れてあらためて気づく。大切なひとを失う悲しみは愛そのものだし、だからといって、その発見が別段すごいことでもない。まわり続ける地球上で、私たちが抱く喜びや悲しみ、さまざまな感情はどんどん更新されて「今」となる。そんな大きな視点の、なくなった命も今ある命も、そして今を生きる私たちのぼんやりとした不安や希望をも祝福してくれる物語たちだ。

さつまいもの天ぷらにはもれなく伯母がついてくる。感謝。

（二〇二二・〇四）

巻末対談

酒井順子×小林聡美

わたしたちの、本のある日々

五十代の読書と暮らし

小林　お会いするのは四、五年ぶりですよね。ホント、時が経つのが早くて。お互い、変わったことと言えば……。

酒井　物理的なことで言えば、文字が読みにくくなったことでしょうか。

小林　たしかに。四十二歳のときにレーシック手術をしたので、近眼については問題ないんですけど。

酒井　レーシックで老眼は治らないんですか？

小林　老眼のレーシックもあるみたいですけど、二回もやるのは……。それに老眼は自然な老化現象ですしね。

酒井　この間久しぶりに、昔の文庫で三島由紀夫とか読んだら、こんなに字が小さかったんだってびっくりして。

小林　そうそう。最近の新しい装丁の文庫なんて、すごく読みやすいですよね。「サンデー毎日」の連載で、月に二冊は必ず読まなきゃいけないんですけど、基本的にそんなに読書家じゃないんですよ、わたし。本を読むのは好きなんですけど、「読まなきゃ」「読みたいな」という気持ちのまま時間が経っていく……みたいな。

酒井　小林さん、すごい読書家のイメージありますよ。

小林　そうなんですよ、申し訳なくて（笑）。おすすめの本を聞かれても、どうしようって。

酒井　小林さんの連載を読んで、同じ同じって思ったのが、植物に興味が出てきたこと。これは確実に年齢のせいですよね。わたしも今までぜんぜん興味なかったのに、急に植物園とか行きたくなって。

小林　酒井さんの**『ガラスの50代』**（講談社文庫）にも、柿の木の話が出てきますよね。鳥はどうですか？

酒井　その柿の木に鳥が来るんですよ。来た鳥を見て、検索して、これがメジロかって。本当に〝メジロ押し〟になるんだーとか（笑）。

小林　えっ？　メジロって、一本の木にぎゅうぎゅうになるんですか？

酒井　そう、メジロって〝密〟になりがちで。「オナガ」は本当に尾が長い、とか。

小林　発見ですね。鳥への憧れはあるんですが、今はわたしは植物かな。この間、園芸本買いました。ベランダで家庭菜園やろうと思って。

酒井　わたしもバジルとか植えました。家庭菜園って、真夏になるとちょっと気持ちが萎えますよね。

小林　虫も出ますしね。わたしはけっこう散歩にも心血注いでいて、散歩しながら花をめでたり。

酒井　わたしも今は、仕事以外の楽しみと言えば、植物を見ることかな。それも、他人が育てている植物。植物園の本、書いてみたいです。

小林　植物園では、何に注目するんですか？

酒井　植物園って、自然界にはない不自然な状態なんですよね。動物園はそれがつらくてしょうがないんですけど、植物園は人工的な植え方や集約されている感じを楽しめるんです。

小林　わかる気がします。**『わたしは菊人形バンザイ研究者』**（川井ゆう、新宿書房）っていう本が、すごく楽しかったですよ。菊人形の職人さんとかを取材してこだわりを聞いたり、何日目にこの花が咲くと、次にこの花が咲いて着物の柄がこう変わるとか。やっぱり植物は面白いですね。

わきあがる勉強欲

酒井　五十代になって、というか、五十代に限らず大人になると、勉強欲がわきますよね。小林さんも大学に入られたし。

小林　四十五で入って、四十九で卒業しました。だから、四十代が青春っていう

（笑）。

酒井　そういうの、いいなあって思います。

小林　仕事で調べものしたり覚えたりっていうのはありましたけど、意外と勉強ってしてこなかったなあと思って。そういえば、書道！**『字を書く女』**（18頁）で熱心に習ってらっしゃった。

酒井　書道は……習ったりやめたりをくりかえしていまして、今は漢詩に興味があります。小津夜景さん、いいですよね。小津さんの**『いつかたこぶねになる日』**（新潮文庫）を読んで、ますます漢詩にグッときました。「たこぶね」っていう貝殻を持ったたこがいるらしいんです。

小林　へえ。小津さん、漢詩を見てたらいくらでも俳句がわいてくるって**『カモメの日の読書』**（211頁）のあとがきに書いていて。すごいですよね。

酒井　エッセーの中に漢詩がポッと出てきて、それを説明しながら感情を濃縮したり還元したり。そういえば漢詩も俳句も、同じ「詩」なんですよね。

小林　ああ、酒井さんと漢詩ってイメージがピッタリ。

酒井　漢字が好きなんです。ひらがなより漢字の方が合っているみたい。湯島聖堂で漢詩が習えるって聞いて、興味が湧いています。

小林　かっこいいですね、湯島聖堂で漢詩なんて。本格的、道場みたい。

酒井　小林さんも、お稽古ごとというか、たしなみは、俳句を定期的にやってらっしゃって。

小林　ぼちぼちなんですが、続いてますね。

酒井　やはり、ずっと俳句のことを考えてます？

小林　読書と一緒で、俳句も作らなきゃってなんとなくいつも思っていて、結局、句会の締め切りになんとかできるってかんじなんですけど、どうにも……。

酒井　常に、頭の片隅に俳句がある感じですか。

小林　そういうわけでもないですけど。思い浮かんだ情景の、この趣きや感動をどう俳句にすればいいんだろうと思うと、「カッチーン」と頭がフリーズ

してしまって。そういえば、酒井さんは卓球もやってるんですよね？

酒井 お休みしてますが、コロナが終わったら再開したい！ 中国料理も習っていたんですけど、ご高齢の先生が亡くなってしまって。（注：その後、両方とも別の先生のもとで再開しました）

小林 中国の文化に惹かれるんですね。書道に漢詩、卓球、中国料理。

酒井 欧米文化ではなく、縦書き文化が好きなんでしょうね。夢は中国語で漢詩を読むことなんです……。

小林 いいですね、「酒井順子の漢詩朗読会」。湯島聖堂で。

酒井 二十代では絶対に持たない夢ですよね（笑）。

田舎に住みたい

酒井 書いたり読んだりする仕事は、演じる仕事の息抜きになりますか？

小林　……ならないです、大変だから（笑）。ただ、一人でできるということが、つらいなりにもありがたいなって思うところはあります。

酒井　小林さんもわたしも、そこそこベテランじゃないですか。今の仕事にちょっと飽きたりすることとありません？　違うことしてみたいなとか。

小林　それはあります。新聞に挟んである、区のバイト募集とか見て、「ふーん、こんなのあるんだ」って。

酒井　これって五十代の心理なんでしょうか。違うことやってみたいって。引っ越しとかしてみたいんですよ。

小林　わたしもいずれは田舎に住みたいなと思っているんです。

酒井　東京以外にお住まいになったことは？

小林　ないですね。

酒井　わたしもなんです。これでいいんだろうかって。突然、縁もゆかりもないところに行くのは勇気がいるので、転勤とかないかなあって思ってるんで

すけど。小林さんは、どのあたりに行きたいですか？

小林 そうですね、漠然とですけど、海より山ですね。

酒井 同じ、山派です。いろいろ考えてみて、一番現実的なのは京都かなと思って。山ではないですけど、自然は近くにあるし、ほどよく都市だし、東京にも近い。最近は、京都の史跡巡りをよくしていて、自分がそんなことを楽しむようになったのもすごい意外でした。

本の上手な見つけ方は？

小林 でも酒井さんは、ある時期から紫式部系っていうか……系？（笑）。そういう古典的なものをご自分のテーマにしてきた感じがありますよね。

酒井 いやあ、加齢とは恐ろしいもので。

小林 なぜ急に古典に？

酒井　自分がエッセーを書く仕事をしているのに、『枕草子』を原文で読んでいないのはいかがなものかと思って読んでみたら、こんなにおもしろいんだってことに気づいて。そこでまずは平安女流文学から入ったんですけど。

小林　自分で見つけたテーマを掘り下げていくのって、きっとおもしろいですよね。

酒井　生身の人間があまり得意じゃないので、お乾きになっている方のほうが、たぶんつきあいやすいんです。書評を書く時も、今生きている人が書いている新刊の方が気を遣いませんか？

小林　たしかにそうかも。でも、わたしが書評してもそんなに影響力ないし、そんなに読んでいる人いないだろうと思って。ところが、たまに編集部に「書いていただいてありがとうございました」ってメッセージが来て、「ギャーッ、読んでるー」って。

酒井　書評を書くのは、苦になりませんか？

小林　苦かと聞かれると……、ううっ（笑）。でも月に一度なので、ギリギリ楽しめてます。

酒井　実はわたしは、書評ってすごく苦手なんです。

小林　そのとき、本当に読みたい本は、書評できなくないですか？

酒井　そうなんです。あまりに好きな本だと「好き、好き」しか書けなくなりそうで。無条件に好きだから、どこがどういいかをキリッと書けないんですよね。好きな本で、かつ冷静に書ける塩梅《あんばい》の本探しが難しい。取り上げる本はご自身で選んでます？

小林　選んでますけど、いまだに本の見つけ方に迷っていて、これでいいのかなって。自分の好きなジャンルの本ばかりになってもよくないし、かといって興味のないものは選べないし。本はどう選んでますか？

酒井　えーっと……、本屋さんに行って（笑）。

小林　いい本屋さんはありますか？

酒井　東京の神保町にある「東京堂書店」は、頼りにしています。そんなに大きい書店ではないですが、本のセレクトがすばらしくて、あそこに行けば絶対に見つかるっていう、命綱みたいな本屋さんですね。

小林　そういうところなら、何時間でもいられそうですね。

酒井　本を買ったら、近くにある紅茶屋さんで、紅茶を飲みながら本を広げて。

小林　うわっ、本好きって感じ。いいですねえ。でも、本の見つけ方もよくわからないのに、よくここまで書評エッセーを書き続けて、えらいなって自分をほめたいです（笑）。

［構成・佐藤恵］

酒井順子（さかい・じゅんこ）
一九六六年生まれ。エッセイスト。著書に『ガラスの50代』『うまれることば、しぬことば』『日本エッセイ小史』『本が多すぎる』『本棚には裏がある』など多数。

文庫版あとがき

「サンデー毎日」で連載した四年間の読書エッセーをまとめた『わたしの、本のある日々』が世に出てから三年。このたび、それに未収録の幾編かを拾っていただき、新たに文庫という形で手にとっていただけることになりました。

連載のために必死で読んだ本の数々はほとんど忘れているつもりでしたが、文庫版を読み返してみると読んだ当時の気持ちがそこそこ鮮やかに蘇り「こんなに、ほんとに読んだのね」と不思議な感動をおぼえます。人間はこうやって、忘れたり、また思い出して感動したりして生きていく生き物なのですね。まさに乱読の体のラインアップですが、この中の一冊がまた誰かの愉しみの一冊になっていただけたら嬉しいです。

二〇二四年五月　　小林聡美

本書は二〇二一年二月に毎日新聞出版より刊行された単行本に「V　それからの日々」を加え、文庫化したものです。

【著者略歴】
1965年生まれ。俳優。主な出演作に『かもめ食堂』『めがね』『プール』『紙の月』『ツユクサ』（以上映画）、『すいか』『山のトムさん』『ペンションメッツァ』（以上ドラマ）など。著書に『散歩』『読まされ図書室』『聡乃学習』『茶柱の立つところ』などがある。

毎日文庫

わたしの、本《ほん》のある日々《ひび》
第1刷 2024年7月30日
第6刷 2024年11月15日

著者 小林聡美《こばやしさとみ》
発行人 山本修司
発行所 毎日新聞出版
〒102-0074
東京都千代田区九段南1-6-17 千代田会館5階
営業本部：03(6265)6941
図書編集部：03(6265)6745
ブックデザイン 鈴木成一デザイン室
印刷・製本 中央精版印刷
 ISBN978-4-620-21071-1